OK Corral

Nicolas Delalondre

L'aventure au galop, Tome 1

OK Corral

Autres ouvrages du même auteur :

Le journal de Tombstone : Nouvelles I, 2019
L'aventure au galop -Tome 2 : Haut et court, 2019

© 2019 Nicolas Delalondre - *https://ndelalondre.wordpress.com/*

Edition : BoD - Books on Demand
12/14 rond-point des Champs Elysées
75008 Paris
Imprimé par BoD – Books on Demand, Norderstedt
ISBN : 978-2-3221-86631
Dépôt légal : 12 2018

À ma femme et mes enfants, mes premiers lecteurs.

À Esmeralda, une source d'inspiration qui s'ignore.

« Courage is being scared to death, but saddling up anyway »
John Wayne

Chapitre I

— YeeHaa ! Plus vite Arizona, il faut les semer !

Les balles sifflaient au-dessus de ma tête et celle d'Arizona dont les naseaux se dilataient sous l'effort. Je galopais à bride abattue, filant à travers les plaines du Far West pour échapper à des bandits de grand chemin. Comment avais-je pu me retrouver dans cette situation ? J'étais bien loin de ma vie dans les Alpes françaises, bien loin du ranch de mes grands-parents. Mais laissez-moi reprendre depuis le début.

***

Tout avait commencé par une journée pluvieuse en fin d'été. Des orages s'abattaient depuis plusieurs jours, mais ce n'était rien par rapport à la tristesse qui remplissait mon cœur. La grande maison de mes grands-parents était presque aussi sombre que le costume de mon père. La robe de ma mère n'était guère plus gaie. En fait, il émanait de toutes les personnes présentes une pesanteur que j'aurais fuie en temps normal ; la politesse et le recueillement me retenaient de le faire.

— Louise, tu ne voudrais pas aller me chercher le thé, ma chérie ? Me demanda grand-mère.

Sans un mot, je me dirigeais vers la cuisine. Au moins pour quelques minutes je pouvais échapper au monde des adultes, peut-être même penser à autre chose. C'est ce que j'espérais, mais ça ne m'empêchait pas de les entendre à travers la cloison.

— Je me fais du souci pour la petite, disait maman. Elle passe ses journées perdues dans ses pensées et n'a pas dit un mot depuis hier.

— Ne t'inquiètes pas cela lui passera. Elle était très proche de son grand-père.

— Oui, je sais. Mais c'est dur de la voir ainsi, muette et triste, elle qui était si joyeuse.

— Laisse-lui un peu de temps. Elle n'a que quatorze ans.

Leurs mots se firent lointains. Des larmes salées coulaient sur mon visage. Comme j'aurais voulu penser à autre chose et m'enfuir loin d'ici, mais tout me ramenait à grand-père. À travers la fenêtre de la cuisine, je pouvais voir Arizona - de son vrai nom Arizona-Dream - paître dans la prairie. Grand-père me l'avait offerte pour mon neuvième anniversaire, la jeune jument avait alors quatre ans. Cinq ans plus tard, elle était toujours aussi belle avec sa robe pie aux taches blanches sur un fond marron. Sa musculature de pouliche avait laissé la place aux muscles puissants et finement ciselés d'une jeune adulte fougueuse, mais calme et toujours à l'écoute de son cavalier.

Grand-père disait que c'était un trait de caractère des Paint-Horses, les chevaux américains que montaient les cowboys. Il racontait souvent des histoires de cowboys, des récits d'un autre continent où les gens portaient des revolvers, cherchaient de l'or et se battaient avec les indiens. Les indiens d'Amérique comme on dit, pas ceux d'Inde, aurait maugréé mon grand-père. Il me parlait de Calamity Jane, Billy the kid, Wyatt Earp ou d'O.K. Corral; je ne comprenais pas tout, mais je rêvais de grandes étendues où l'on pouvait galoper avec son cheval en toute liberté, de paysages magnifiques aux roches rouges et aux grands cactus où se promenaient buffalos et chevaux sauvages - les fameux mustangs.

Il était comme ça mon grand-père, d'un autre temps, d'un autre lieu. On aurait dit qu'il sortait d'un vieux western en noir et blanc (d'après lui, les premières télévisions n'avaient pas de couleur, juste le noir et le blanc, je le croyais sur parole). Je l'aimais mon grand-père même s'il m'appelait son petit cowboy. Moi je montais fièrement sur Arizona-Dream et je lui répondais : "Non une cowgirl !". Ça le faisait rire, et alors que tout le monde regrettait sa disparition et arborait aujourd'hui un visage lourd de peine, j'esquissais un sourire à l'idée de ce souvenir.

Une main se posa sur mon épaule et me fit sursauter. Grand-mère était venue voir pourquoi je m'éternisais dans la cuisine loin des autres.

— Désolée de t'avoir surprise, ma chérie.

Elle se tut et suivit elle aussi du regard la lente marche d'Arizona allant de touffe d'herbe en touffe d'herbe. J'avais envie de la rejoindre pour m'échapper dans les grandes étendues sauvages de grand-père.

— Viens ma chérie, j'ai quelque chose à te montrer…

Je me tournais vers elle, mais son regard ne me donna pas plus d'information, alors je la suivis, d'abord à l'extérieur de la maison, puis dans l'écurie et la sellerie.

L'écurie était mon terrain de jeu. Je passais chaque vacance chez grand-père et grand-mère et dès mon arrivée je courais rejoindre les chevaux dans l'écurie. L'air était parfumé d'un mélange de paille, de cuir et d'odeur animale : tout ce qu'il fallait pour que je me sente à nouveau chez moi. Il faut dire que depuis toute petite j'aidais à faire les box, à curer l'écurie et à nourrir tous ses pensionnaires. J'adore ça, même si je dois avouer que j'affectionne encore plus de monter à cheval.

Grand-mère fouillait dans le fond de la sellerie au milieu d'objets poussiéreux pour le travail des chevaux d'attelage. Lorsqu'elle se tourna vers moi, elle déposa non sans mal ce qui ressemblait à une selle sur la table. Le drap qui recouvrait la selle était encore assez propre, comme si quelqu'un l'avait entreposé ici peu de temps auparavant. Elle souleva le drap pour libérer une superbe selle de type western. Le troussequin à l'arrière du siège, les quartiers et les fenders étaient gravés de fins motifs floraux, le tout sur un ton brun sombre. Contrairement aux autres objets du fond de la pièce elle avait été soigneusement entretenue et les cuirs régulièrement graissés.

— Ma chérie, ton grand-père voulait t'offrir cette selle pour ton quinzième anniversaire. Il a essayé de tenir jusqu'au bout, mais le cancer ne lui en a pas laissé l'occasion. Tu étais sa motivation pour lutter contre la maladie…

Je revoyais cet homme de forte carrure, une vraie force de la nature malgré son âge, que la maladie avait aminci et affaibli. Depuis plusieurs mois, il ne pouvait plus monter à cheval, lui que j'avais toujours connu en selle. On lui avait volé sa raison de vivre. Mais à chaque fois qu'il me voyait, il m'appelait son "petit cowboy" et me souriait. Au fil des mois alors qu'il perdait lentement sa lutte contre le cancer, il continuait à sourire à son petit cowboy. Puis la voix devint atone, et il ne resta qu'un souffle. *Chuttt tout ira bien mon petit cowboy*. Mais non tout n'allait pas bien.

— Chuttt ne pleure pas ma chérie, me dit grand-mère en me prenant dans les bras. Tu sais, depuis qu'il se savait gravement malade, il m'avait donné la tâche de garder cette selle pour toi. Même si nous sommes encore un peu en avance pour ton anniversaire, je crois qu'il aurait été d'accord pour te la donner dès à présent.

Je ne savais quoi dire. Je l'ai simplement serrée plus fort, étouffant mon "merci" entre deux sanglots. Cette selle, je la connaissais, c'était celle de mon grand-père quand il était plus jeune et qu'il faisait des compétitions d'équitation western. J'avais vu de nombreuses photos de lui pendant des épreuves de trail in hand ou de ranch sorting, fier dans sa selle comme un véritable cowboy et concentré pour réaliser les figures attendues avec sa monture.

— Regarde, la pluie s'est enfin tu. Tu devrais aller l'essayer.

J'ai baissé la tête et laissé mon regard se poser sur mes vêtements d'un air dubitatif. Depuis l'enterrement de la veille, je portais une robe sombre. J'hésitais : j'avais toujours été un peu garçon manqué d'après ma mère et elle ne serait pas ravie de me voir à cheval avec cette tenue ce jour-là. Mais lorsque grand-mère me sourit et acquiesça pour m'encourager, ma décision fut prise. J'enfilais rapidement une paire de bottes, prit un licol et courut au pré chercher Arizona. Son pansage fut rapide, en fait j'essayais toujours de la garder propre - un cowboy a toujours sa monture prête disait grand-père. Je pris néanmoins le temps de m'assurer que le passage de sangle était impeccable, car il était hors de question que je ne la blesse par négligence. Tapis de selle, selle, comme à son habitude Arizona ne bougea pas un sabot. La selle de grand-père lui allait parfaitement, aucun besoin de l'adapter.

Prise de remords je tournais mon regard vers la maison familiale et vis Papa m'observer depuis la terrasse. Je crois qu'en temps normal il m'aurait désapprouvée, mais là il préférait certainement que je m'évade un moment loin des convives qui arpentaient la maison comme de tristes zombis. Alors c'est ce que j'ai fait. Nous prîmes le début du chemin de randonnée au trot puis, dès qu'il s'élargît, nous fûmes au galop. Les champs s'enchaînaient en séparant deux forêts de sapins. Nous avions retrouvé notre terrain de jeu, ici nous imaginions d'invraisemblables chevauchées au Far West. Dans une de ces fabuleuses histoires nous étions poursuivis par de redoutables indiens, dans une autre il fallait sauver une diligence emportée par des chevaux affolés. Tous ces jours, ces semaines de tristesse, m'avaient éloignée de notre jardin secret et Arizona me le faisait savoir. Elle piaffait et ronflait, impatiente de fendre l'air.

Je serrais les mollets pour la lancer encore plus en avant, l'herbe défilait sous nos foulées et le vent soufflant sur les blés semblait incapable de nous rattraper. Toujours plus vite, les rênes longues, nous filions à vive allure.

À un croisement, une barrière en bois fermait un petit chemin serpentant dans les bois. Les randonneurs avaient l'habitude de contourner cet obstacle, mais dans nos folles chevauchées nous sautions la barrière et j'imaginais alors que nous nous envolions au-dessus d'un petit précipice pour fuir des poursuivants imaginaires. Je décidais de sauter aujourd'hui encore cette barrière et lançais Arizona dans sa direction. Le vent grondait dans mes oreilles. Je la poussais toujours plus, nous ne formions plus qu'une, unies par une même volonté. Encore quelques foulées dans le chemin herbeux et Arizona pourrait pousser de l'arrière-main pour sauter au-dessus du fameux précipice. Trois, deux… Un. Puis ce fut l'envol.

Chapitre II

Le saut fut aérien. Nous volâmes comme suspendues entre ciel et terre pendant plusieurs secondes. Puis Arizona reprit contact avec le sol dans une réception parfaite digne d'un concours de saut, avant de poursuivre au galop.

Eeehaaah, comme disent les cowboys. Nous avons passé le précipice, grand-père aurait été fier de sa petite cowgirl !

Nous laissions derrière nous un précipice béant. La poussière volait, les fers résonnaient à chaque foulée.

Attendez, stop ! Un précipice, un vrai ? M'étonnais-je.

Désorientée, je tirais soudainement sur les rênes pour stopper Arizona qui, tout aussi surprise que moi, pila des quatre fers. Malheureusement j'en avais oublié ma posture et mal équilibrée pour un stop si soudain, je tombais pratiquement à l'arrêt. Le choc fut aussi rude qu'inattendu. Un bras. Puis une épaule. Ma chute se termina en roulant dans les cailloux et la terre rougeâtre.

Je toussais et gémis plus par désaccord que par douleur, puis vérifiais que je n'avais rien de cassé - ce n'était pas ma première chute et tout semblait en place. Encore au sol, appuyée sur les coudes, j'observais la forêt. Ou plutôt je cherchais des yeux la forêt. Là où j'aurais dû trouver la verdure rassurante des sapins des Alpes ou au moins ses vertes prairies, ne poussaient que cactus et broussailles.

— Où sommes-nous Arizona ?

Bien sûr, elle ne me répondit pas. Les oreilles se dressèrent. Ses yeux sautaient nerveusement d'un détail à l'autre cherchant un environnement familier, ou peut-être de l'herbe à brouter. Elle me regarda et hennit en agitant la tête de bas en haut. *Ok toi aussi tu es perdue. Bon autant se relever*, me dis-je.

Mes premiers gestes furent pour Arizona. Quelques caresses sur le sommet du museau dans un mouvement lent pour la calmer. Puis je frottais vigoureusement mes vêtements pour les débarrasser de la saleté, mais quel ne fut pas mon étonnement : ma robe noire avait disparu. À sa place, je portais une longue robe de couleur beige clair, faite de multiples jupons et drapés, qui remontait sur mon buste en un corset très serré. Trop serré pour respirer correctement. *Qu'est-ce que c'est que ce bazar…* je me contorsionnais avec difficulté pour regarder dans mon dos. Sur l'arrière de la robe, les jupons étaient rehaussés et plissés pour finir par un nœud en queue d'écrevisse. *Je rêve ou quoi ?* Comme si ma chute n'avait pas suffi, je me pinçais fortement la joue jusqu'à en avoir la larme à l'œil.

Aïe ! Je porte une robe à tournure, pas étonnant que je sois tombée avec ce truc… Donc résumons : plus de forêt, le désert aride et maintenant la robe. On dirait un de mes rêves du Far West. Je vais sûrement me réveiller dans un moment… Le plus important pour l'instant c'est que je trouve un point d'eau. Grand-père disait toujours que "le désert peut vous tuer sans qu'on s'en rende compte".

Je remontais tant bien que mal à cheval. M'aidant d'un rocher, je pris appui sur l'étrier gauche pour me mettre à califourchon. Malheureusement, la robe m'empêchait de passer la jambe par dessus la croupe. J'essayais plusieurs fois puis me ravisais. *Bizarre d'habitude cela marchait dans mes rêves.* Finalement, je m'assis en amazone, les deux jambes du même côté de la selle.

Autour de moi, des rochers et des cactus jusqu'à l'horizon. Arizona et moi semblions perdues au milieu d'une grande plaine au ton ocre à peine délimitée par quelques lointaines formations rocheuses. Le soleil écrasait la vaste étendue de ses rayons brûlants et d'ombre il n'y avait point. Je me tournais vers ce que je pensais être les quatre coins cardinaux et scrutais l'horizon sans y trouver de ville, de route ou de preuve de vie humaine. Le silence était assourdissant, à peine rompu par la lente respiration d'Arizona.

À court d'idées, je décidais de partir vers le sud enfin pour ce que j'en savais ça pouvait très bien être le nord. Nous marchâmes lentement, très lentement, faisant attention à chaque caillou. Arizona dérapait parfois de ses fers sur les roches lisses sculptées par le vent et l'érosion. Elle n'avait pas l'habitude de ces lieux arides où la poussière s'envolait à chaque brise pour vous remplir les poumons. Je regardais ses pas autant qu'elle et nous toussions à l'unisson. Parfois une bourrasque plus forte que la précédente soulevait un véritable nuage de sable et je me couvrais le visage de mon avant-bras. Arizona ne pouvait pas s'en prémunir et elle crachait un peu plus violemment, le museau proche du sol. J'imaginais que sa gorge était aussi sèche que la mienne, le visage fouetté par le vent chaud et les yeux larmoyants pour en chasser les impuretés. Peu à peu je sentais la nuque me cuire. Je la frottais pour évacuer les courbatures liées à ma chute, mais rien n'y faisait, le soleil tapait inlassablement sur ma peau comme s'il cherchait à me clouer au sol. De chapeau, je n'avais point. D'ailleurs, j'étais partie sans bombe ou casque et le regrettais amèrement. À la recherche d'un peu de fraîcheur, j'avalais ma salive entre des lèvres aussi rêches qu'un vieux parchemin. Parfois pour nous rappeler les dangers du désert nous rencontrions la carcasse d'une vache ou d'un cheval. Il ne restait que des os décharnés, reliquats du festin de coyotes ou de vautours. Je savais sans les avoir vus qu'ils étaient là. Volant haut au-dessus de nos têtes, les charognards devaient attendre que nous faiblissions; et si Arizona et moi survivions à une journée dans le désert, la nuit serait tout aussi dangereuse. Au froid extrême de la nuit s'ajoutait la faune : serpents à sonnette, tarentules du désert, scorpions, coyotes et puma, autant ne pas se risquer à les rencontrer.

Arizona trébucha et je faillis tomber presque assoupie. La chaleur, omniprésente, m'entraînait dans une mortelle torpeur. J'aurais voulu m'arrêter. Me reposer. Juste un instant pour faire un petit somme et une fois reposée nous repartirions. Mais les histoires de grand-père étaient pleines de voyageurs déshydratés, tombant de leur monture ou faisant une sieste, et qui habitaient maintenant des cimetières oubliés.

Il fallait avancer, ne pas rester sur place et espérer trouver une habitation ou juste un puits. C'est bizarrement dans ces moments que l'on espère voir passer un camion de glace. *Non il ne faut pas que je divague, je dois rester lucide.* Je murmurerais des mots gentils à Arizona autant pour l'encourager que pour moi-même. Mais les pas étaient lents, de plus en plus hésitants, dans une terre sans verdure et sans piste. Je rêvais d'avoir mon portable sous la main. Celui que papa et maman m'avaient offert "en cas de besoin" comme ils disaient, mais que j'employais principalement pour poster sur snapchat ou voir la dernière vidéo d'un mignon petit chat sur les réseaux sociaux. J'aurais tapoté quelques touches, passé un appel d'urgence et tout serait rentré dans l'ordre. Y avait-il seulement du réseau ici ?

Soudain, Arizona redressa l'encolure et tendit les deux oreilles droit devant elle. J'observais dans la même direction, les mains au-dessus de mon front pour me couvrir du soleil. Je ne voyais rien, mais la jument restait attentive, les oreilles en alerte pour capter de lointains sons. Nous attendîmes ainsi bien cinq minutes, puis en plissant les yeux j'aperçus un léger nuage de sable se détacher sur le paysage uniforme. Était-ce réel ou juste mon imagination ? Le petit nuage semblait doucement se déplacer en ligne droite en direction des collines.

Bien décidées à ne pas laisser passer notre chance, nous accélérâmes le pas vers cette apparition providentielle. Elle s'éloignait de nous trop rapidement pour que nous puissions la rattraper, mais après une demi-heure, nous croisâmes un chemin de terre marqué de traces de sabots et de roue de chariots. De toute évidence, cette piste était empruntée par des véhicules attelés. Rassurées par ces quelques indices de vie, nous reprîmes le chemin dans la direction où nous avions vu le nuage de poussière disparaître. Ce ne fut que plus tard, au sommet d'un plateau que nous découvrîmes un ensemble de maisons en bois et de routes terreuses formant un semblant de ville.

En poursuivant la piste, un cimetière nous accueillit avec ses croix plantées à même le sol. Nous stoppâmes devant un panneau. Il semblait récent, mais déjà attaqué par le soleil et la poussière si bien que le bois se fendait et les lettres de peinture se devinaient plus qu'elles ne se déchiffraient. Heureusement les inscriptions étaient gravées, et on pouvait y lire en lettre d'imprimerie : TOMBSTONE.

Tombstone 1881

Chapitre III

Tombstone ? J'étais donc aux États-Unis en Arizona. Grand-père évoquait souvent Tombstone dans ses histoires : c'était la ville de…

— YeeeeAhhh, cria un homme à cheval en nous dépassant au galop.

Il claqua son flot de rênes sur l'encolure du cheval pour le faire accélérer. Il était suivi de trois autres cavaliers tous aussi pressés. Plus loin, une diligence dont les panneaux en bois avaient souffert de plusieurs impacts de balles concentrait l'attention des passants.

Voilà c'était ça Tombstone, la ville des duels et des bandits de grand chemin. Surnommée la ville "trop dure pour mourir", Tombstone avait été construite pour sa mine d'argent, mais la cupidité attirait les problèmes : les duels faisaient légion et les victimes remplissaient le cimetière. Elle était célèbre pour avoir était le lieu de la fusillade d'OK Corral en 1881. Et qui n'avait pas entendu parler du Marshall Wyatt Earp ainsi que de la fine gâchette Doc Holliday ?

Aux abords de la diligence les passagers se remettaient d'une attaque récente :

— Ils nous ont tout pris, argent, montres et bijoux. Ma femme s'est fait voler une bague dans notre famille depuis cinq générations !

— Moi, ils m'ont même pris mon chapeau !

— Oh tais-toi Henry, tu aurais tout de même pu me défendre, dit une grosse dame dont la toilette avait souffert du voyage.

J'essayais de passer sans montrer ma curiosité : ce n'était pas tous les jours que l'on voyait une vraie attaque de diligence ! Mais un homme m'interpella:

— Attention mademoiselle, vous devriez éviter de vous balader seule, les lieux ne sont pas sûrs en ce moment. Ça pourrait bien être un coup des Clanton. En tout cas, ça en a tout l'air.

D'après grand-père, un groupe de hors-la-loi sévissait près de Tombstone. Principalement composés de la famille Clanton et de leurs acolytes, ils se faisaient appeler les Cowboys et portaient un bandana rouge autour du cou comme un vrai petit gang.

Je souris à l'homme pour le remercier de sa prévenance et en profitais pour lui poser la question qui me brûlait les lèvres :

— Était-ce le marshall Wyatt que j'ai vu passer ?

— Oui c'est bien lui. Il va essayer avec quelques hommes de remonter la piste des bandits.

Wahhhhh Wyatt Earp, Tombstone, le Far West ! Ce rêve était vraiment super. Mais mon excitation et ma curiosité n'auraient pu étancher la soif qui me taraudait. L'ouest sauvage et ses péripéties devraient attendre que nous trouvions de quoi nous désaltérer.

La ville était récente tel un champignon sorti de nulle part et attirant chercheurs d'or et d'argent. Avec eux, les joueurs de cartes affluaient en ville, alimentant les nombreux saloons. Arizona et moi descendions une large route de terre qu'un panneau nommait Fremont Street. Des maisons en bois récentes sur un ou deux étages en bordaient les limites et alternaient avec des lots de terre laissés vacants. De grandes enseignes peintes attiraient l'attention des passants. Ici, on vantait les services pouvant être obtenus. Là, on mettait en avant le nom des propriétaires.

L'effervescence économique se déclinait à chaque coin de rue. Sur la droite, j'apercevais un quartier mexicain qui céda la place à un quartier chinois et une compagnie minière, la Mountain Maid Mining Co. Sur la gauche, je dépassais les écuries Dunbar - le nom me rappelait quelque chose sans que je puisse mettre le doigt dessus - accolées à la pension Aztec. Après avoir traversé la Third Street, une autre pension apparut. La famille Fly y proposait ses services aux personnes de passage. Apparemment polyvalents ils possédaient aussi une échoppe de photographie jouxtant la pension.

Un peu plus loin de l'autre côté de la rue, une devanture en bois munie de petits rideaux annonçait : "Tombstone Epitaph". Perchée sur mon cheval, je voyais les journaux que publiait cette imprimerie : point de gros titre qui me marqua, mais la date me fit un choc. Octobre 1881 ! Nous étions donc mon cheval et moi sans trop savoir comment à Tombstone dans l'état d'Arizona juste quelque temps avant la fusillade d'OK Corral !

Studio de photographie de Camillus Sydney Fly

C'est la tête encore bourdonnante de ces dernières révélations que nous continuâmes nos déambulations, tournant au hasard des rues avant d'arriver devant un saloon aux vieilles portes battantes. J'arrêtais Arizona près de l'abreuvoir à chevaux et me laissais littéralement glisser au sol, lasse de ce périple dans le désert. Arizona ne se fit pas prier et but aussitôt. *Profite ma belle, je te rejoins moi aussi.* Trop assoiffée pour faire des manières, j'y bus aussi goulûment. Ah ! L'eau était un vrai nectar dans ma gorge sèche.

— Eh ma p'tite dame, y a des lieux plus appropriés pour ça ! Rigola un vieillard barbu à la bouche édentée.

La remarque me fit l'effet d'une tape sur les doigts, je détournai le regard pour cacher un visage cramoisi de honte et balbutiai ce qu'il me restait de bonnes manières :

— Oh je vous prie de m'excuser monsieur.

Je plaçais ma main devant ma bouche pour masquer l'eau qui coulait encore sur mon menton et entrai rapidement dans le Saloon.

L'intérieur contrastait fortement avec la rue et mes yeux durent s'habituer à la relative pénombre. Il y régnait une fraîcheur pas désagréable au premier abord. Mais passé la poussière irritante du désert, ma gorge et mon nez furent agressés par la forte odeur de tabac. Je toussais manquant encore de me faire discrète. Il n'y avait là que des hommes, jouant aux cartes ou buvant ce qui semblait être du whisky.

Ne voulant me faire remarquer, je me pressais vers le comptoir fait de bois et de cuivre en essayant de garder mon regard sur le bout de mes souliers. Le barman se tourna vers moi. Il avait le nez empâté, les sourcils étaient touffus, mais rangés en ordre de bataille pour affirmer un front proéminent. Sa mâchoire entourée d'un collier de barbe grise bougea plusieurs fois, mais il ne me semblait entendre aucun son. J'étais subjuguée, hypnotisée par cet homme.

— Qu'est-ce que je vous sers, madame ?

Je devais avoir l'air d'un zombie, car il me répéta plusieurs fois : "Madame ? Vous allez bien ?", articulant chaque syllabe comme s'il s'adressait à une demeurée.

Mais rien n'y faisait, je ne trouvais plus mes mots, car l'homme en face de moi était trait pour trait mon grand-père. Enfin si vous enleviez trente ans à mon grand-père et que vous lui mettiez une chemise écrue à rayures surmontée de bretelles de pantalon.

Comment pouvait-il être là ? J'avais envie de sauter de joie. Il fallait que j'expulse tout ça après le cancer et l'enterrement ! Mais un détail me retenait : il ne me reconnaissait pas.

— M'dame, vous êtes sûre que vous allez bien ? Je peux vous aider ?

Mince ! Que pouvait-on commander quand on est une fille de presque quinze ans dans un saloon du Far West ? J'étais prise au dépourvu. Alors mes lèvres ont laissé s'échapper la première idée qui me vint à l'esprit :

— Du lait. Un verre de lait, grand-pè… Euh… Monsieur.

Il haussa un sourcil comme si ma demande était totalement incongrue en ces lieux. Il ne devait pas être le seul, je sentais des regards appuyés dans mon dos. J'attendais, muette, la tête basse pour essayer de me faire toute petite, espérant disparaître pour tous les clients du saloon. Je voulais partir, m'enfuir. Heureusement, une chope de bière remplie de lait glissa sur le comptoir et s'arrêta avec précision devant moi. Le bruit des convives remplît à nouveau la pièce. Stressée comme j'étais, je ne m'étais pas aperçue du silence qui régnait depuis mon entrée dans le Saloon. Tout le monde devait se demander ce que je venais faire ici…

Je déposai quelques pièces trouvées dans une bourse attachée à ma robe et pris le verre pour le siroter. Avez-vous déjà essayé de siroter du lait comme si vous aviez du temps à perdre, l'air de rien ? Ce n'était pas terrible - et même pas du tout crédible pour se fondre dans la masse, mais le bruit ambiant me rassurait. J'osai enfin relever les yeux et pus observer mon environnement grâce au large miroir derrière le comptoir. Surprise par mon propre reflet, j'en recrachai une partie de mon lait.

— Un problème avec le lait madame ?

— Non, non tout va très bien. Excusez-moi, dis-je, absorbée par la vision qu'offrait le miroir.

La robe était vraiment jolie, pas de doute. Par contre, ça ne pouvait pas être moi dans le miroir ! Je bougeais les lèvres et le reflet bougeait ses lèvres, je tirais la langue, il en fit autant. Ok, admettons que nous n'étions qu'un. Je donnais l'impression d'avoir 16 ou 17 ans, mes traits étaient moins enfantins, plus féminins; mes cheveux étaient longs et blonds couleur paille et… J'avais de la poitrine. J'ai baissé les yeux pour vérifier. Le miroir pouvait être aussi déformant que les attractions de Disneyland ou de la fête foraine, mais non : tout était bien là, enfermé dans un corset victorien. C'était bien moi, mais en plus âgée. J'étais aussi plus grande de quinze bons centimètres ce qui me donnait une allure élancée. En fait, passée la surprise je me plaisais bien comme ça.

Le barman me dévisageait tout en essuyant quelques verres avec un vieux torchon. Alors que je croisais son regard une fraction de seconde une lueur sembla vaciller dans ses yeux. Simple reflet ? L'étrange lueur hésita, puis elle s'affirma au fond de ses pupilles. Les traits de son visage se détendirent et il souffla plus qu'il ne parla :

— Tombstone n'est pas recommandée pour les jeunes filles, mon petit cowboy.

— Hein, quoi ?

— Mieux vaudrait te faire discrète et méfie-toi des hommes mon petit cowboy…

— Grand-pè… ?

Mais la lueur dans ses yeux s'était déjà éteinte. Un client l'appela et il s'éloigna à l'autre bout du comptoir le torchon sur l'épaule. Je n'avais pas vraiment eu le temps de réfléchir à ce soudain échange ou me faire à l'idée que grand-père puisse me donner un conseil. En temps normal je me serais même méfiée de son conseil. J'aurais dû ! Car ça, voyez-vous c'était mon grand-père tout craché : à peine un conseil donné que le problème surgissait. Et cela n'a pas manqué cette fois encore, merci grand-père !

Pendant notre échange furtif, deux hommes pas moins furtifs et à l'haleine chargée d'alcool m'avaient entourée. Les bandanas rouges ostensiblement enroulés autour de leur cou annonçaient leur appartenance au gang des cowboys. À leur vue, mon cœur s'emballa, je n'osais plus bouger serrant le verre de lait entre mes mains.

Le premier, à peine plus charmant qu'un requin qui tourne autour de son futur repas, m'adressa la parole:

— Bah alors ma p'tite dame, on est venue toute seule ?

— C'est-à-dire que...

Mais ils semblaient ne pas attendre de réponse pour se donner la réplique :

— Bah ouais Ernest, la p'tite dame semble chercher de la compagnie.

Ernest passa son bras autour de mes épaules pour me tirer contre lui.

— Oh bah ça tombe bien, on est deux gentlemen prêts à rendre service. Pas vrai ?

— Ah ça c'est sûr, répliqua l'intéressé me jetant un regard comme s'il jugeait d'un bon steak.

Je luttais pour ne pas me retrouver dans ses bras et marmonnais timidement de me lâcher. Demande inutile qui fit rire de plus belle les deux lourdauds. L'un d'eux me mit la main aux fesses. Je réussis à me dégager temporairement du premier pour asséner de toutes mes forces un coup de pied dans le tibia du rustre. Il jura milles insultes dont je ne me ferais pas écho. Maintenant, ils étaient vraiment en colère et déterminés. Je jetais un coup d'œil à grand-père, mais ce n'était plus lui, juste un barman qui voyait certainement ce genre de truc arriver tous les jours. J'étudiais mes diverses options de fuite, mais les deux hommes bloquaient toute retraite en m'acculant au comptoir.

L'un d'eux me saisit fermement par le coude :

— Maintenant tu vas nous suivre petite !

Une vraie tenaille se resserra sur mon bras pour m'obliger à me tourner si bien que je poussai un cri aigu de douleur qui résonna dans toute la pièce. Plus personne ne bougeait ou ne disait mot, la pièce entière avait stoppé ses occupations et retenait son souffle.

— Ne fais pas tant de manières !

Il voulut se tourner et m'emmener dehors, mais se heurta à quelqu'un. Un jeune homme brun avec une moustache épaisse leur barrait la route. Il n'avait pas l'air très impressionnant, mais les deux agresseurs restèrent immobiles. L'inconnu tenait sa main droite au niveau de la ceinture, sur la crosse de son revolver.

— Je crois que la Dame vous a demandé de la lâcher, dit-il calmement.

L'inconnu laissa un sourire passer sur ses lèvres, prêt à en découdre. Son allure me rappelait vaguement quelques lointains souvenirs, je devais l'avoir vu dans un livre. Une raie séparait légèrement ses cheveux sur le côté gauche de la tête. Il portait un veston marron foncé bien ajusté sur une chemise blanche à col droit avec un petit nœud papillon épinglé avec soin. Comparé aux autres hommes du Saloon il émanait de lui une classe certaine.

Le malfaisant Ernest grimaça et tenta de minimiser la situation :

— Doc, on s'amuse c'est tout. Rien de mal !

— Alors laissez-moi m'amuser avec vous messieurs, répondit l'intéressé tout en sortant son revolver, le faisant tourner sur lui-même, et s'arrêtant pour mettre Ernest en joue avant de rengainer son arme d'un simple moulinet. Le tout n'avait pas pris plus d'une seconde.

L'homme au revolver caressait son arme du bout des doigts, retenant sa main de passer à l'action. Un rictus se dessina sur le visage de son adversaire, le nez se plissa légèrement et ses veines battirent plus nettement sur ses tempes. Un silence s'installa le temps qu'une goutte de sueur glisse lentement sur sa joue mal rasée. Elle s'éternisa à la pointe du menton, vacilla quelques instants, indécise sur le chemin à prendre, puis s'étira doucement le long des poils. Prête à tomber, elle hésita, retardant sa chute. Une autre goutte la rejoignit, ajoutant son poids à la fatale issue.

— Pan ! Clama l'homme au revolver, faisant sursauter mes deux agresseurs.

Il attendit un instant pour tirer au maximum parti de son effet puis ajouta :

— Voilà comment je vois les choses, soit vous vous décidez à jouer avec moi - ne vous inquiétez pas les règles du jeu sont assez simples, même pour des gars comme vous, soit vous laissez la demoiselle partir sur le champ.

— Ok Doc, on s'en va. Mais, dis-toi que toi et ton pote Wyatt, on vous fera la peau lorsque vous vous y attendrez le moins. Le croc-mort peut déjà prendre vos mesures.

— Bien dit, Ernest. En plus tu ne portes plus ton arme favorite ? Tu l'as peut-être perdue, s'amusa son comparse. Ah, John Ringo ne fera qu'une bouchée de toi !

Sorti de nulle part, un deuxième revolver se planta devant le visage de l'homme alors que Doc tenait à nouveau en joue Ernest de la main droite.

— Peut-être bien, mais je crois que pour l'instant vous ne faites pas le poids.

— Ok, ok... C'est bon, on s'en va, mais on te retrouvera !

— À votre service, je reste à Tombstone. Tu peux le rappeler à tous les Clanton, leur dit-il en souriant.

Ses yeux vifs les suivirent jusqu'aux portes battantes du Saloon, puis ils revinrent se poser sur moi. Il me salua brièvement pinçant de ses doigts un couvre-chef imaginaire.

— Je me présente, John Henry Holliday. Mais on me connaît volontiers sous le pseudonyme de Doc. Enchanté mademoiselle.

— Je m'appelle Louise... Merci de m'avoir sauvée monsieur !

Il évacua le remerciement d'un revers de la main.

— Louise, c'est tout ? Voilà un nom bien court, mais soit. Ne vous formalisez pas pour ces rustres, vous êtes la bienvenue dans notre petite ville. Où avez-vous élu domicile ?

— Oh pas loin...

Le barman qui n'avait pas quitté la scène des yeux décida de se glisser dans la conversation :

— Dis donc Doc, le petit gars n'avait pas tort.

— C'est-à-dire ?

Le barman fit un mouvement du menton en direction de la ceinture de Doc.

— C'est mon rôle de m'assurer de ce que portent mes clients. Tu sais, toujours savoir d'où va venir le grabuge.

— Comme tu le faisais à l'instant hein ? À l'autre bout du bar.

— C'est un peu exagéré, tu étais là. Tu avais la situation en main. Mais ce n'est pas ton revolver habituel non ? Je croyais que tu ne te risquais pas à un duel sans lui ?

— As-tu vu un vrai duel ici ? Je sors rarement mon Colt Navy 1851 pour rien.

— Ok, pour ce que j'en dis moi...

J'en profitais pour m'éclipser. Beaucoup trop de choses arrivaient en même temps : Tombstone, grand-père, les bandits et maintenant l'as de la gâchette Doc Holliday. Il fallait que je fasse le point, et grand-père avait raison, cette ville n'était pas très sûre pour une jeune fille seule.

Chapitre IV

Je repris Arizona à l'abreuvoir alors qu'elle semblait se faire quelques nouvelles relations chevalines. Moi j'étais seule dans une ville et une époque que je ne connaissais que par de lointaines légendes et des livres poussiéreux. Doucement ! Ça ne pouvait être qu'un rêve, très réaliste et détaillé, mais simplement un rêve issu de mon imagination fertile. Si j'attendais suffisamment j'en sortirais, et je me réveillerais peut-être dans une prairie d'herbe en ayant eu une insolation. Au pire, j'avais dû me prendre une grosse branche, chuter et m'évanouir. Oui, cela devait être ça. Patience, il suffisait d'attendre. À mon prochain réveil je serais de retour dans la réalité. D'ailleurs se souvenait-on de s'être endormi et réveillé dans un même rêve ? J'avais juste à me coucher et hop tout rentrerait dans l'ordre.

En attendant, j'allais profiter de ce rêve, ce serait littéralement mon rêve américain. Il me suffisait de suivre les conseils de barman "grand-père" et de ne pas attirer les regards. Le meilleur moyen était de me déguiser en garçon. Ce n'était pas compliqué, derrière les habitations on trouvait souvent du linge séchant au soleil sur de longues cordes. Je m'approchai d'une grange entre-ouverte et appelai pour voir si quelqu'un en sortait. Pas de réponse. J'y cachai Arizona et ressortis. Je vérifiai à gauche et à droite que personne ne puisse me voir et m'élançai pour prendre sur l'étendage voisin ce qui me semblait être des chemises et des pantalons. De retour près de mon cheval j'étudiai ma moisson. Dans le lot, j'avais aussi récolté des caleçons et des chausses qui ne me serviraient à rien. Je gardai une chemise de la bonne taille et un pantalon un peu grand qui aiderait à couvrir mes souliers trop féminins.

Je me changeai rapidement auprès d'Arizona et rangeai ma robe dans une couverture avant de l'attacher à la selle. Franchement, cette robe m'allait plutôt bien et j'avais du mal à m'en séparer.

Je profitai d'une flaque près d'un tonneau pour essayer d'étudier mon nouveau look. Ok, c'était mieux ainsi. Il me faudrait attacher mes cheveux, mais je n'avais pas prévu que ma poitrine me trahirait autant. Je déchirai donc une chemise de mon butin pour en faire un bandeau et l'utilisai serré autour de mon buste pour aplatir l'ensemble. Pour les cheveux, je me fis une natte terminée par un fil de balle à foin.

Je repartis juchée sur Arizona et retrouvai enfin une position normale, à califourchon. Ne plus monter en amazone était un vrai soulagement pour moi. Je me demandais comment on pouvait à notre époque rester des heures en amazone. Une de mes monitrices d'équitation m'avait dit qu'en amazone on utilisait une selle spéciale, adaptée à cette façon de monter et ma courte expérience m'avait rendue curieuse : il faudrait que j'essaie à la maison.

Nous remontions une allée plus déserte que Fremont et Allen Street. Sur une terrasse, un homme de petite stature ronflait allongé sur le ventre. De la bave coulait du coin de sa bouche au rythme de sa respiration. La coupable n'était pas loin : une bouteille vide traînait hors de portée de sa main droite. Peut-être avait-il trouvé beaucoup d'argent à la mine aujourd'hui ou au contraire avait-il perdu aux jeux, mais il était évident qu'il avait trop bu. Le bruit des sabots ne dérangeait pas son lourd sommeil. En passant près du porche, je descendis prendre le chapeau qui accompagnait la bouteille et laissai quelques pièces en échange. Par chance le chapeau me convenait et camouflait parfaitement ma natte blonde : bye bye la cowgirl, dorénavant j'étais un petit cowboy.

Le soleil commençait à fortement décliner sur l'horizon. Je devais trouver un abri pour la nuit. Certes le rêve s'arrêterait avec le sommeil, mais je ne me voyais pas m'endormir dehors dans la nature hostile ou dans l'impasse d'une ville peu rassurante. Je suis passée devant l'Oriental Saloon dans Allen Street en face de la brasserie Gold Eagle, puis nous avons croisé l'imposant Grand Hotel. Une pancarte proposait la nuitée pour deux à trois dollars et demi selon l'emplacement, un budget malheureusement trop serré pour ma bourse. Entre ce que j'avais donné au Saloon et pour le chapeau, il ne me restait pas assez d'argent pour me payer une chambre dans un hôtel. Je remontais Allen Street en direction de l'ouest, car j'avais ma petite idée. Peut-être qu'aux écuries d'OK Corral ils me laisseraient dormir dans le foin en échange de soin aux animaux; ce serait aussi l'endroit idéal pour Arizona.

J'en étais à ces réflexions, passant devant les nombreux saloons-hôtels avant que l'enseigne d'OK Corral n'apparaisse sur ma droite. Le large panneau rouge pendu à un mas de six mètres annonçait le nom des écuries en lettres blanches resplendissantes. Sous une devanture en bois, trois indiens discutaient. Ils étaient vêtus de chemises crasses et de bandeaux encerclant des cheveux mi-longs couleur jais. Mon arrivée coupa nette leur conversation. Les deux plus jeunes portèrent leur attention sur mon cheval alors que le plus ancien du groupe m'observait droit dans les yeux. Il plissa les yeux comme s'il regardait à travers mon corps. Autant dire que j'étais plus que mal à l'aise face à son regard inquisiteur. L'ancien marmonna dans une langue étrangère que je ne pouvais qu'à peine entendre à cette distance et les deux autres s'agitèrent, anxieux. Étant à cheval et eux à pieds, je pouvais encore m'échapper rapidement, mais j'étais vraiment convaincue qu'OK Corral était ma meilleure option. J'approchai Arizona plus près d'OK Corral. Surveillant leurs réactions, j'étais prête à partir au galop. Le plus jeune du groupe courut monter à cheval avant de déguerpir. Au coin de la rue un homme apparut et le reste du groupe se précipita pour s'engouffrer dans une autre allée sans se départir de regards méfiants à mon égard. Je soufflai, rassurée d'échapper à tout problème cette fois.

— Eh petit, ce n'était pas des indiens à l'instant ? Me demanda le passant. Je me demande bien ce qu'ils font dans les parages plutôt que dans leur réserve.

Je haussais les épaules, sincèrement ignorante en la matière et il continua son chemin.

J'étais donc au fameux OK Corral. Les lieux étaient fermés par une palissade en bois surmontée d'un écriteau. Ce dernier indiquait que John Montgomery en était le propriétaire et qu'il était possible d'acheter, ou vendre chevaux et mules, mais aussi de les faire ferrer ou d'acheter du foin. Sur la droite de la palissade, le porche abritait l'entrée pour les piétons. J'attachai Arizona à l'une des colonnes du porche et mis la main sur la poignée. *Respire un grand coup et prends une voix grave,* me répétais-je tel un mantra.

Une clochette annonça mon entrée. Assis derrière le comptoir, un homme d'une quarantaine d'années, un chapeau de cowboy usé sur la tête, leva les yeux de son journal. Il me jugea de la tête aux pieds et reporta son attention sur son journal.

— Oui c'est pour quoi ?

— Euh… Bonjour Monsieur Montgomery, voilà je me demandais si vous recherchiez un garçon d'écurie.

Le propriétaire des lieux reposa les feuilles sur la table en bois. Il me regarda à nouveau dans les moindres détails et grimaça.

— Non, je ne crois pas. Tu ne ferais pas l'affaire.

— Oh s'il vous plaît monsieur, je cherche juste un peu de travail en échange du logis et du couvert. Je sais m'occuper des chevaux et gérer une écurie, le travail ne me fait pas peur.

Je me pinçais les lèvres regrettant d'avoir pris un ton d'emblée trop implorant. Il sourit légèrement.

— Tu sais petit, on n'a pas ouvert hier alors j'ai déjà tout ce dont j'ai besoin.

Je sentais qu'il était sur le point de reprendre sa lecture et de m'ignorer définitivement alors je tentais un coup de bluff:

— C'est le barman de l'Oriental Saloon qui m'a conseillé de venir ici.

Mes mots le firent s'arrêter un instant puis un sourire plus franc se dessina sur ses lèvres. Il se claqua la main sur la cuisse en riant.

— Et qu'a donc dit ce bon vieux Billy ?

— Euh… Juste que vous auriez sûrement besoin de bras supplémentaires…

— Ah ça m'étonnerait qu'il t'ai parlé de moi, on n'est pas en bons termes ces derniers temps. Toi tu dois être nouveau en ville. Comment t'appelles-tu ?

Mon cerveau se mit en ébullition pour trouver une réponse, finalement mon choix se fixa par hasard sur Louis. Oui j'ai beau faire des rêves insolites et remplis de détails issus de mes lectures, mon imagination peut parfois se contenter du moindre effort.

— Ok Louis. Si c'est vraiment du nom, ajouta-t-il avec un clin d'œil. Tu as l'air vraiment déterminé sans que je comprenne vraiment pourquoi… Peut-être que tu fuis quelqu'un ou quelque chose, un parent violent, une dette de jeu… Qui sait, un crime ? Ce n'est pas mon problème. Je ne veux pas d'ennuis. Tu vas m'amener des ennuis ?

— Non, monsieur. Non pas du tout.

— Les ennuis je connais, je les laisse aux autres. Y a plein de cowboys enterrés avec leurs ennuis. Ok ?

— Oui monsieur.

— OK, tu as dit savoir gérer une écurie, mais le débourrage des chevaux, tu connais ?

— Oui monsieur.

— Tu me rappelles moi plus jeune. On va dire que j'aurais aimé que quelqu'un me tende la main au bon moment. J'ai un deal à te proposer. Si tu t'occupes du débourrage d'un de mes chevaux en plus des travaux d'écuries je te garde un certain temps. Qu'en dis-tu ?

Il n'y avait même pas à réfléchir, j'avais déjà participé au débourrage de jeunes chevaux et j'adorais ça !

— Ne te réjouis pas si vite et suis moi.

Nous sommes sortis par la porte arrière de la pièce pour atteindre une grande cour entourée de stalles pour les chevaux ainsi qu'un coin incluant une forge pour le maréchal-ferrant et une sellerie. Il y avait des chevaux dans presque tous les box ainsi que quelques mules de grande taille. Monsieur Montgomery se dirigea vers une stalle isolée et fermée. À notre arrivée, un jeune cheval s'approcha vivement et claqua des antérieurs contre le bois, les naseaux fulminants.

— Voici Double star, un mustang récemment capturé et que j'ai pu racheter à bon prix. Il est encore nerveux et n'a jamais eu un cavalier sur le dos… Une vraie boule d'énergie.

Double star était magnifique, avec sa robe pie alezan et sa fière allure, un hongre d'après ce que je voyais - un étalon castré. Malgré son panache il devait manquer de mouvement depuis une bonne période, car sa musculature restait peu développée et on pouvait encore voir les cicatrices de quelques morsures ou sévices… Difficile de dire si elles provenaient de son ancienne vie en troupeau ou de punitions récentes. Il trépignait et raclait le sol des sabots, ne tenant pas en place.

— … Je pense qu'il fera une bonne monture, certes pas pour un attelage, mais pourquoi pas pour un cowboy qui cherche un cheval vif et rapide. En tout cas, voilà le deal : tu t'occupes de le débourrer et tu peux rester. Si c'est trop dur pour toi, tu pars.

Double star m'impressionnait autant qu'il m'attirait. Cela ne serait pas simple de le dresser, voire dangereux, car il ne savait pas comment interagir avec l'Homme. Habituellement les chevaux modernes étaient imprégnés de la présence humaine dès leur naissance. Ils étaient manipulés, déplacés, nourris et soignés par l'Homme quotidiennement. Les codes qui assurent la sécurité de chacun s'installaient donc naturellement. Mais pour un cheval sauvage tout était un peu différent, il ne connaissait que le cadre du troupeau et les interactions avec ses congénères. Et ces interactions étaient loin d'être douces : morsures, blessures, exil du groupe, priorité pour l'accès à la nourriture…

On était loin des clichés de films comme Spirit et je ne savais pas si je serais à la hauteur. Ce serait un vrai défi, mais je n'avais pas le choix. Il me fallait convaincre Monsieur Montgomery que je pourrais faire l'affaire. Au moins pour l'instant...

— Tu commenceras demain. Demande à Bastian pour tout ce qui concerne les tâches, dit-il en désignant un garçon faisant le plein des abreuvoirs, il te trouvera aussi un coin où dormir et de quoi manger.

— Merci monsieur. Je ne voudrais pas abuser, mais j'ai aussi un che…

— Ne dis rien, me stoppa-t-il en levant la main. J'ai vu ton cheval à ton arrivée, un beau spécimen soit dit en passant - je pourrais t'en donner un bon prix. Non ne t'offusque pas, c'est mon métier d'acheter et de vendre de belles bêtes. Un conseil toutefois si tu veux garder ta monture : ne joue pas au Saloon et ne t'endette pas... Bon tu pourras mettre ton cheval à l'écurie, là sur la droite; sur la gauche je préfère conserver les chevaux que je prête aux habitants.

L'affaire était scellée. J'avais une petite botte de foin où dormir et un toit; Arizona était aussi à l'abri pour la nuit. La soirée passa rapidement occupée auprès des chevaux ou à refaire les box pour finalement manger quelques haricots rouges mélangés à du riz trop cuits dans une poêle incrustée de vieilles huiles. Bastian était peu communicatif et distant comme si j'allais lui piquer son boulot. Il me donnait les tâches les plus ingrates si bien que je sentais déjà fortement le purin et le crottin. Mais tout cela n'était pas bien grave, me disais-je allongée sur mon lit de fortune, la selle de grand-père en guise d'oreiller. Le foin pouvait me piquer, rentrer dans mes omoplates ou m'irriter le visage, je dormirais et demain lorsque je ré-ouvrirais les yeux je serais à la maison. Je regrettais simplement de ne pas avoir l'occasion de travailler Double Star. Peut-être dans un prochain rêve ?

Chapitre V

Parfois les choses les plus simples nous semblent hors d'atteinte. Le quotidien, la famille et toutes ces routines qui n'éveillent que peu notre intérêt prennent toute leur valeur lorsqu'ils ne font plus partie de notre vie.

Le soleil traversa en premier mes paupières, perçant cette maigre protection pour atteindre un cerveau encore endormi. Eh oui, comme beaucoup je ne suis pas du matin, je suis à peine de midi. Peut-être esquisserais-je un mouvement lorsque le soleil atteindra son zénith, sortant un pied du lit pour tester mon environnement. D'ici là mes sens allaient se réveiller graduellement sans précipitation. L'ouïe décida de tenter un premier essai. Le gazouillis des oiseaux résonna pour annoncer une belle journée. J'aurais pu rester là des heures à profiter encore de ma torpeur et des sons de la nature, nul besoin de poursuivre le réveil.

Mais la lumière se faisait toujours plus présente. Bien obligée, je me réveillais, pas pressée de m'extirper des limbes de la nuit. Puis je me suis souvenue : le rêve, l'Arizona, Tombstone… Le coq chanta, clair et fort comme un corps de chasse… Oui tout refaisait surface dans ma pauvre tête : Arizona-Dream à OK Corral, les cowboys et Doc Holliday. Il fallait que j'en parle à maman; d'ailleurs les yeux clos je l'appelais déjà. Maman ! Soudain, j'étais pressée de sortir du lit, de prendre mon petit déjeuner et de tout lui raconter. Le coq continua à chanter, déployant un véritable récital. Attendez, quel coq ? J'ouvris en grand les yeux et le rêve se transforma en cauchemar.

Mon regard rencontra le plafond. Les mêmes poutres poussiéreuses que la veille traversaient l'écurie. Le foin piquait toujours mes omoplates et l'odeur entêtante des chevaux emplit à nouveau mes narines. Rien n'avait changé, j'étais toujours à Tombstone. Tout cela n'avait pas de sens, comment pouvait-on se réveiller dans son propre rêve ? Etait-il possible d'être enfermé dans son propre rêve ? Où était ma chambre ? Où était mon chez moi ? *Maman ?* Je pleurais silencieusement, les rayons du soleil qui filtraient à travers les planches en bois m'aveuglant autant que les lourdes larmes.

À quelques mètres de là, Arizona hennit. Elle restait mon seul lien avec la réalité, une complice de toujours qui partageait la même galère. Je séchais mes larmes d'un revers de manche. A défaut d'être forte pour moi, je devais au moins l'être pour elle et rester celle sur qui elle pouvait compter.

Très bien, j'étais donc toujours là à Ok Corral, avec Bastian et monsieur Montgomery. Il n'y avait que deux explications possibles. Dans la première, le rêve se poursuivait - ou plutôt le cauchemar - et je devais trouver un moyen d'en sortir. La deuxième supposait que tout ceci était réel : j'avais traversé le temps et je ne savais pas comment rentrer à mon époque.

Ce qui me faisait peur c'est que tous les événements vécus en Arizona avaient l'air terriblement réels. Ils n'avaient rien d'un rêve : pas de zone de flou ou d'approximations. J'avais déjà remarqué cela avant de m'endormir, mais je voulais encore croire que tout venait de mon imagination fertile. Là l'évidence me sautait aux yeux : ce que je vivais était réel et j'étais bloquée loin de chez moi dans le passé.

Avais-je fait quelque chose de particulier pour traverser ainsi le temps. J'avais simplement galopé. J'avais parcouru ces chemins avec Arizona maintes fois à cette même allure et nous avions sauté la barrière tout aussi souvent. Imaginer survoler un précipice ne m'avait jamais transportée dans le temps. Je passais en revue tous les détails qui pouvaient varier de mes précédentes chevauchées. Le même cheval, le même lieu et les mêmes petits jeux. La seule différence notable était que j'utilisais la selle de grand-père. Est-ce que cela pouvait provenir de là ? Une sorte d'artefact magique légué par grand-père ? Je n'y croyais pas, il m'aurait prévenu. Ou alors le temps lui avait manqué et grand-mère avait tout simplement oublié de me parler de ce "détail". Je regardais la selle de grand-père qui m'avait servi d'oreiller pour la nuit, il s'en dégageait une agréable odeur de cuir et un authentique caractère de Far-West mais rien d'anormal. Non, on n'oublie pas de préciser qu'une selle est magique. Ça n'avait pas de sens.

Puis je me suis souvenue du barman qui semblait se transformer en grand-père quand une lueur apparaissait dans son regard. Peut-être pouvait-il m'aider, de toute façon je n'avais pas d'autre piste. C'était décidé aujourd'hui il fallait que je le rencontre à nouveau !

— Louis ! T'es réveillé ? Il faut nourrir les chevaux et en préparer certains pour des clients !

Ça c'était la voix de Bastian, directive et emprunte d'impatience, pas vraiment agréable à entendre dès le réveil.

— Louis ! Eh, t'es où ?

Ce n'est qu'à ce moment que je me rappelais que Louis, c'était moi, la version garçonne de Louise. Quelle tête de linotte. Je vérifiais que mon chapeau était bien fixé sur ma tête, la natte rentrée à l'intérieur, puis me dirigeais vers les chevaux.

— Désolé, j'arrive, criais-je avec une voix aussi grave que possible.

Ce matin Le travail consistait à remettre du foin à tous les chevaux, vérifier la contenance des différents abreuvoirs et à préparer plusieurs montures. De ce que m'avait expliqué Bastian, à Tombstone peu de gens possédaient un cheval. C'était une petite ville florissante et il n'y avait que rarement besoin d'en sortir. Dans le cas contraire les habitants louaient des chevaux aux écuries faisant ainsi tourner une partie du business de monsieur Montgomery. Ce matin il fallait s'occuper de deux chevaux. Armés de brosses nous les nettoyâmes jusqu'à ce qu'aucune saleté ne puisse les blesser lors de leur utilisation. Chaque pied fut ensuite cureté et consciencieusement vérifié. Après une trentaine de minutes, les chevaux étaient prêts.

Les chevaux concernés étant un peu vifs, nous les avons fait marcher et trotter longuement dans l'allée. Quel que soit le niveau du cavalier, Monsieur Montgomery proposait un cheval sûr et utilisable. Il aurait été préjudiciable pour son business que ses chevaux manifestent trop vivement leur besoin de bouger avec des clients sur le dos.

Je profitais d'être moins accaparée par des tâches individuelles pour poser à Bastian les quelques questions qui me trottaient dans la tête. La première et qui en tant que cavalière m'outrait, fut de savoir pourquoi ils gardaient les chevaux en permanence dans ces box. Je crois qu'avant qu'il ne réponde j'étais déjà en train de lui expliquer combien les chevaux avaient besoin de bouger, de se dépenser et de pouvoir manger de l'herbe - pas juste du foin. Bref, je crois qu'il a eu le droit à tout mon couplet sur les besoins physiologiques et comportementaux du cheval. Tout ce que nous appelons à notre époque le savoir éthologique. J'avais en horreur ces centres équestres qui gardent 24h sur 24 les chevaux enfermés dans des box ou qui ne les sortent que pour une paire d'heures au paddock. Bastian allait me prendre pour une folle, mais hors de question de ne pas réagir à la souffrance animale !

En fait il a rigolé. Il m'a regardé par deux fois pour être sûr que je ne blaguais pas et se tapa la main sur la cuisse en pouffant.

— T'es pas croyable toi ! Où crois-tu que j'étais lorsque tu dormais tranquillement ?

— Je…

— Je me lève à l'aube et je vais chercher les chevaux prévus pour la journée dans un enclos que nous avons à l'extérieur de Tombstone. Le soir c'est pareil, s'il faut rentrer des chevaux je les ramène là-bas. Je ne t'ai pas réveillé pour te laisser te reposer, mais demain tu viens avec moi. D'ailleurs il faudrait que tu sortes ton cheval pour le dégourdir aussi.

Je ne pouvais plus répondre, les joues rosies par la honte. Comme souvent j'avais été trop prompte dans mes réactions et si sûre dans mes certitudes. Je réfléchissais déjà à un moyen de me racheter de mon jugement à l'emporte-pièce quand Monsieur Montgomery arriva.

— Salut Louis ! Bien dormi ?

— Euh oui, dis-je encore embarrassée de mon réveil tardif. J'espérais qu'il n'était pas au courant.

— Tant mieux ! Il est grand temps de s'attaquer à Double Star.

Bastian émit un grognement de désapprobation, mais Monsieur n'en tint pas compte. Il portait un gros sac à grain vide, une perche et de grosses cordes pour restreindre le cheval. Il ordonna à Bastian de prendre un fouet. Je blêmis à la vue de tous ces accessoires. De vieilles méthodes de dressage envahirent mon esprit, celles dont grand-père m'avait parlées et spécialement le sacking out. L'idée était d'attacher fermement un cheval pour l'empêcher de fuir et le frapper violemment avec un sac ou un fouet jusqu'à ce qu'il n'ait plus peur. Mais la méthode ne créait pas plus de courage, elle détruisait juste toute volonté de se rebeller. Les chevaux sortant d'un tel châtiment étaient aux ordres, résignés, prêts à subir d'autres abus.

— Monsieur Montgomery, j'ai une méthode un peu différente pour débourrer. Je n'aurais pas besoin de ce sac dans un premier temps.

— Tu es sûr ? Demanda-t-il avec un haussement de sourcil.

— Oui, cela prendra un peu de temps, mais je devrais y arriver.

Ils avaient préparé un round-pen de fortune au fond de la cour : un enclos d'une dizaine de mètres de diamètre fait de planches en bois. Dans cet espace circulaire, le cheval ne pouvait pas s'enfermer dans un coin. On ajouta des planches entre le round-pen et le box de Double Star pour le guider puis tout le monde s'éloigna pour me laisser dans l'enceinte.

Double Star grattait le sol. Je pris une corde dans la main gauche, enroulée sur plusieurs mètres, puis de la main droite j'ouvris la porte du box. Le mustang se rua par l'ouverture pour s'échapper, et percuta la porte qui m'envoya valser sur le dos. J'avais le souffle coupé, la poitrine en feu et la tête bourdonnante. La bouche ouverte vers le ciel, je happais l'air comme un poisson hors de l'eau, incapable de respirer. Au bout de quelques secondes mes poumons se remplirent enfin d'un peu d'oxygène et je toussais par quinte, crachant la poussière du sol.

— Louis ! Louis ! Ça va ? S'inquiéta Bastian.

Cela commençait bien. Moi la fille persuadée de pouvoir montrer aux cowboys comment dresser par la douceur et avec intelligence, je mordais la poussière dès le premier essai. Je me relevais les jambes flageolantes, bien moins sûre de me sortir de cette épreuve. Cela aurait été beaucoup plus simple si tout n'avait été qu'un rêve.

Le mustang galopait dans le round-pen. En passant près des planches il décochait des coups des postérieurs pour essayer de détruire le pourtour de sa prison. Alors que j'étais toujours dans l'allée entre son box et le round-pen, il décida de revenir en me fonçant droit dessus. Il était temps que j'essaie de m'imposer avant qu'un accident n'arrive.

Je me tenais prête, un bout de la longue corde dans la main droite et le surplus dans la gauche. Légèrement recroquevillée sur moi-même je le laissais venir - je refusais d'entendre les cris angoissés de Bastian ou du propriétaire me hurlant de m'écarter. Au dernier moment je me redressai soudainement, les bras écartés vers les cieux pour me grandir, le buste gonflé et l'air déterminé. Double Star pila. Avant qu'il ne pense à poursuivre sa course, je lançai un bout de la corde dans sa direction. Il fit volte-face pour retourner dans le round-pen. Je le suivis immédiatement, laissant les autres refermer la porte pendant que je le chassais.

Au centre du cercle, je l'observais se mouvoir. Pour l'instant il ne s'occupait pas vraiment de ma présence, courant, regardant partout au-dessus du round-pen et tapant des postérieurs à la moindre occasion. Ok, respirer un grand coup et se souvenir des conseils de grand-mère. Cette dernière avait débourré de nombreux chevaux pour grand-père lorsqu'elle était plus jeune, elle avait une sorte de don avec les animaux difficiles. À cet instant, j'espérais que ce type de don puisse être hérité génétiquement.

Lorsque Double Star s'intéressa finalement à ma présence, et se tourna vers moi, je lui lançai un bout de la corde en direction du postérieur droit. Comme je le souhaitais, il partit sur la gauche pour l'éviter, mais réussît à changer de direction sur la deuxième foulée. Raté, je devais être plus réactive. Je recommençais l'opération et dès qu'il essaya de s'opposer au changement de direction je fis mine à nouveau de présenter un obstacle tout en lui renvoyant la corde. Les premières fois il s'arrêta, alors j'insistais ajoutant la parole aux gestes, là il partit au galop dans la bonne direction.

Dès qu'il faisait mine de ralentir, je relançais la corde comme pour le pousser depuis l'arrière de ses postérieurs. Lui, instinctivement, fuyait le stimuli en un réflexe ancré par des siècles d'évolution. Après quelques tours à cette allure, je me déplaçais pour gêner sa course et lançais la corde devant lui; il stoppa, pivota légèrement et je chassai cette fois le postérieur gauche pour l'obliger à partir dans l'autre sens. Lorsqu'il essaya de passer au trot, j'augmentais la pression pour obtenir à nouveau le galop. Nous continuâmes ce petit jeu pendant un bon quart d'heure, jusqu'à ce que je le sente totalement concentré sur moi, les yeux et oreilles tournés dans ma direction malgré le mouvement. Le but était de contrôler ses pieds par mes actions et mes positions. C'était une première étape pour obtenir son respect.

Je me déplaçais légèrement sur un côté du cercle pour m'opposer à son déplacement, telle une porte qui se referme au bout d'un couloir. Il anticipa l'arrêt et commença à pivoter, mais cette fois je laissais mes bras pendre, sans agiter la corde. Il resta sur place, indécis sur ce que j'allais faire. Mais je ne fis rien. Immobile, j'attendais. Lui aussi maintenait sa position. Deux, trois... Cinq secondes s'écoulèrent, toujours pas de mouvement.

Je sortis du round-pen, le laissant ainsi - peut-être à réfléchir sur ce qu'il s'était passé - et lui fournis une botte de foin dans l'enclos.

— Eh Louis, pas mal, me félicita Monsieur Montgomery. Tu t'arrêtes déjà ?

— Il a besoin d'un peu de temps pour assimiler ce que je lui demande. Mais je crois que l'on peut faire du bon travail ensemble.

— Ok… J'imagine que ça va être plus long que ce que j'avais prévu, mais je suis prêt à te laisser ta chance.

J'étais rassurée, mais je n'en menais pas large. Je luttais de toutes mes forces pour ne pas avoir la voix qui tremble et j'étais bien moins sûre de moi que je n'avais pu le laisser paraître. Il me faudrait du temps, ça c'était certain.

Après ce début de débourrage, j'avais les nerfs en pelote. Toute cette tension que j'avais réprimée dans le round-pen pour être le plus neutre possible me taraudait. Je me réfugiais sur mon lit de fortune. Là tout rejaillit et les larmes coulèrent à grand flot sur mes joues. Quand pourrais-je rentrer chez moi ? Comment faire ?

— Ne pleurs pas, me dit Bastian qui m'avait suivie discrètement. Il posa une main sur mon épaule. Même si le patron n'est pas totalement convaincu, t'as fait du super boulot ! Je ne pensais pas qu'une fille y arriverait. Vraiment chapeau !

Mon cœur battit la chamade :

— Quoi ? Comment sais-tu …

— Ne t'inquiète pas Monsieur Montgomery n'a rien vu, et je garderais ton secret, promis.

— C'est gentil.

— De toute façon, pour le patron si tu ne portes pas de jupon, il ne verra pas de femme. Je ne sais pas ce que tu caches, mais pas de problème pour moi, on a tous nos petits secrets. D'ailleurs faudra que tu m'apprennes ce que tu as fait tout à l'heure avec Double Star.

— Oh ce n'est rien…

— Tu rigoles ? Je redoutais que le pauvre soit encore maltraité ! Et puis toi tu arrives, et hop tu le fais bouger d'un côté de l'autre sans l'attacher ou le frapper. Les précédents avaient tous essayé de le monter rapidement. Pour sûr ça avait été rapide : à terre avec des bleus et du sang. Vraiment tu m'épates pour une fille !

Je m'écartai de lui en souriant et lui tirai la langue.
— Ça va sûrement rester un secret de fille alors !

***

La reste de la journée fut plus paisible. Les deux clients sont venus pour louer les chevaux comme prévu, ils voulaient chevaucher jusqu'à la mission San Xavier Del Bac à Tucson, soit une centaine de kilomètres depuis Tombstone. L'après-midi étant calme, j'en profitais pour sortir Arizona et galoper dans les environs. Elle avait un grand besoin de se défouler, elle qui était habituée à vivre en permanence dans les prés, alors nous filâmes plus vite que le vent pour oublier tous nos ennuis. Sur le retour à Tombstone, l'allure était plus posée et c'est au trot que nous discutions. Je cherchais des solutions à notre voyage dans le temps, j'énumérais les problèmes et esquissais différentes hypothèses. Mais comme d'habitude la conversation d'Arizona était assez limitée. Au final, elle devait être d'accord avec moi : je n'avais pas de solution.

Arrivée en ville, j'ai laissé Arizona à OK Corral puis suis allée à pieds au saloon où j'avais rencontré grand-père et Doc Holliday. J'avais retenu la leçon : je serais moins remarquée si j'arrivais à pieds plutôt qu'à cheval et en robe.

En ce début d'après-midi, le saloon semblait sombrer dans une lente torpeur. Il y avait peu de clients, personne qui ne jouait à la roulette ou au black-jack laissés à l'abandon dans un coin. Un homme était même endormi sur sa chaise adossée au mur. Le barman nettoyait toujours ses verres. Une fois le verre propre, il en prenait un nouveau derrière son comptoir et recommençait. On aurait dit qu'il passait sa vie à les frotter sans arriver à les faire briller. Devant tant de répétitions le courage me manquait. Comment arriver à rappeler grand-père pour que je puisse lui poser mes questions ?

— Bonjour, qu'est-ce que je vous sers ?

Grande hésitation, il faut croire que ma vie est une éternelle hésitation lorsque je m'adresse à des adultes. Cela m'énervait, mais j'étais ainsi faite, parfois passionnée et exaltée, mais peu sûre de moi lorsqu'une personne plus âgée s'adressait à moi.

— Une bière…
— Ok, je vous sers ça immédiatement.

A peine commandée, une chope glissa sur le comptoir. J'y trempais avec méfiance mes lèvres, le liquide était tiède avec une mousse légère pas désagréable, mais très vite l'amertume arriva… Aride comme le sol du désert. Je ne comprenais pas ce que la gente masculine - puisque c'est elle qui semblait le plus en consommer - trouvait à la bière. Était-ce un goût acquis par l'expérience ou une vraie saveur que l'on pouvait apprécier à la première gorgée ? Le premier essai fut non concluant pour moi et je réprimais un rictus de dégoût. Je redoutais que le barman s'aperçoive que je n'appréciais pas sa marchandise. Non, je devais me fondre dans la masse. J'engloutis donc aussitôt une deuxième gorgée. La tête me tournait déjà, pas comme dans les films où l'on voit l'image se dédoubler. Doucement, mais inexorablement le barman, le comptoir et son miroir tournaient et basculaient sur la droite. Tout mon champ de vision commençait à pivoter comme si j'étais immobile dans l'espace et que je voyais soudain les effets de la rotation terrestre sous mes yeux. Je me cramponnai au comptoir et secouai vivement la tête pour faire disparaître le vertige, mais le geste me donna un haut le cœur.

— Tu avais soif, petit ! D'où viens-tu, il ne me semble pas encore t'avoir vu dans le coin ?

— Je travaille actuellement à OK Corral, mais je viens de plus loin.

— Bizarre ton accent, j'arrive pas à mettre le doigt dessus…

— Mes parents vivaient près de la mission San Xavier Del Bac à Tucson et ils se sont installés dans une ferme non loin de Tombstone. On est encore en train de s'installer, alors en attendant de pouvoir aider mon père je me rends utile à OK Corral.

Vous l'aurez peut-être remarqué, mais je suis assez bonne pour créer des histoires à mon profit à partir d'informations partielles. J'avais déjà préparé cette petite histoire pendant ma ballade avec Arizona afin de ne plus éveiller de soupçon chez Monsieur Montgomery.

— Ah ok… Ça explique ton odeur petit, fit-il avec un pincement de nez. Non ne t'inquiètes pas, tu ne me déranges pas et il n'y a pas assez de clients en ce moment pour se plaindre. Mais pense à te laver, ok petit ?

— Oui, Monsieur. Désolé.

— Ne le sois pas, je suis certain que John Montgomery te fait travailler dur. Pour lui les affaires ne vont pas si mal depuis qu'il est en manche avec les Cowboys.

— Quoi ? Avec les Cowboys ?

— Ah, c'est vrai que tu es nouveau ici.

Il s'approcha de moi comme pour s'assurer qu'aucun espion ne l'entende. Pas sûr que l'ivrogne en train de dormir sur sa chaise s'intéressait à notre conversation.

— C'est plus simple de traiter avec les Cowboys que de s'y opposer. Donc Montgomery écoule parfois leur bétail "mexicain" - je veux dire, volé aux Mexicains - ou les fournit en chevaux. Ils volent, ils pillent, descendent en ville comme si tout leur était dû. Si j'étais toi je les éviterais.

— Mais personne ne dit rien ?

— C'est pas aussi simple petit. Ils ont de l'argent et dépensent facilement. Ça fait le business de plein de monde, et tout ce petit monde n'est pas prêt à voir disparaître leur argent. Donc on ferme les yeux voire on sympathise. Le

Shérif Béarn est un de leurs grands amis, mais c'est pas la même histoire avec les frères Earp.

— C'étaient bien deux de ces cowboys qui m'ont… Qui ont embêté une fille l'autre jour ? Même que Monsieur Holliday est intervenu ?

— Oui, Doc a fait ce qu'il fallait. Pour sûr, ouep, c'est ce qu'il fallait faire. Mais…

— Mais ?

— Il faudrait qu'il évite de jouer de la gâchette. Pas un mauvais bougre, bien qu'on ne compte pas officieusement les cadavres laissés derrière lui. Mais bon, le marshall Virgil Earp a interdit de porter des armes en ville pour calmer tout le monde.

— Calmer tout le monde ?

— Ouep, on a beaucoup de duels ou de meurtres à Tombstone donc deuxième amendement ou pas, Virgil impose qu'on dépose les armes à un saloon ou à un hôtel quand on arrive en ville. Parfois on ferme un peu les yeux comme hier pour Doc.

— C'est comme ça que Monsieur Holliday a perdu son revolver fétiche ?

— Peut-être, aucune idée. Pour ce que j'en sais, il aurait même pu le perdre aux jeux d'argent. Le hasard n'est pas très sûr de nos jours. Mais vu comment les cowboys se vantent de préparer une tombe pour lui et les Earp, pour sûr il ferait mieux de retrouver son colt…

Le barman s'arrêta net de parler, comme si on avait demandé un arrêt sur image. Je me tournais pour voir où portait son regard, mais il n'y avait rien, juste la double porte battante du saloon aussi immobile qu'un cactus au milieu du désert. Lorsque je le regardais à nouveau, il avait une lueur dans les yeux et une douceur bien connue glissait sur son visage.

— Grand-père !

— Chuttt, pas si fort mon petit cowboy. Je t'entends.

— Oh je suis si contente de te voir grand-père ! Il faut que tu m'aides, je suis bloquée ici, je me déguise en garçon, mais je ne sais pas combien de temps ça durera. Ah et puis tu sais, j'ai commencé à débourrer un Mustang ! Un mustang grand-père, tu devrais voir ça !

— Chutt pas si vite Louise… On a tout changé. On ne devrait pas être là tu sais. Alors ça a tout changé.

— Quoi grand-père, de quoi parles-tu ?

— Crois-moi on a tout changé. Des détails peut-être, mais tout change.

— Je ne te comprends pas grand-père. Comment rentrer à la maison ? Je ne sais même pas comment je suis arrivée ici.

— Le changement, c'est le changement le problème. Les frères Earp et Doc. Ils ne doivent pas mourir. On a tout changé, mon petit cowboy.

Grand-père semblait délirer, répétant les mêmes termes sans vraie cohésion.

— Grand-père, je ne comprends pas. Que dois-je faire ?

— Corrige les changements… L'Histoire doit rester ce qu'elle est. On ne doit pas changer le passé.

— L'histoire ? Mais quelle histoire grand-père ? Je ne comprends rien à ce que tu me racontes…

Mais c'était déjà trop tard. La lueur avait disparu, avec elle la douceur de son visage envolée et le barman spécialiste des ouï-dires de Tombstone faisait son retour :

— Pardon, où en étais-je ? Ah oui les cowboys… Ça sent mauvais, ils proclament partout qu'ils vont se débarrasser des hommes de lois. On est pas loin d'un vrai conflit.

C'est là que je fis le rapprochement. En passant devant l'Épitaphe de Tombstone j'avais vu que nous étions au début du mois d'octobre en 1881. Dans quelques jours se jouerait la fusillade la plus célèbre du Far West : celle d'OK Corral, opposant plusieurs Cowboys aux frères Earp et Doc Holliday. Ces derniers en sortiraient vainqueurs et la suite de ce conflit conduirait à l'extinction du gang des Cowboys. Était-ce de cela dont parlait grand-père ? Notre présence avait-t-elle modifié le passé ?

Grand-père avait parlé de détails. De détails qui changent le passé. Était-ce à propos du revolver préféré de Doc ? J'avais beau réfléchir, je ne me souvenais d'aucune histoire à ce propos. Mais c'est le propre des détails de disparaître avec le temps. Si je voulais rentrer chez moi, il fallait donc que je retrouve cette arme et que je la rapporte à temps à Doc !

Chapitre VI

J'attaquais une nouvelle journée revigorée des révélations de la veille. Grand-père m'avait fourni des indices qui éclairaient enfin mon but à Tombstone. À moi de jouer au détective. Première étape, rencontrer à nouveau Doc Holliday et discuter avec lui de la perte de son arme. Ouais super idée, il allait certainement se confier à un inconnu. Il risquait plutôt de se méfier de moi et penser que j'étais impliquée dans cette histoire. Peut-être que je pourrais le suivre et voir s'il le n'a pas juste perdu dans ses affaires ?

Il m'arrivait tout le temps de ne plus retrouver un objet précis dans ma chambre, d'autant plus si c'était des boucles d'oreilles et maman me hurlait sans cesse de ranger mes affaires. Mais les hommes du Far West ne possédaient que peu de choses : leurs armes, leur argent - quand il en restait - et une bouteille de whisky - pour oublier le manque d'argent. J'éliminais l'option chambre mal rangée.

— Eh à quoi tu rêvasses ? M'interpella Bastian.

— Bah rien t'inquiète, je peux guider les chevaux jusqu'à Tombstone et ne pas m'endormir tu sais.

Il radoucit sa voix parlant presque pour lui-même.

— Oh c'est pas pour ça. T'es pas du genre causante. Ce matin je m'étais dit que ce serait sympa pour une fois d'avoir quelqu'un avec moi pour ramener les chevaux à OK Corral….

Parfois Bastian prenait cet air triste, les yeux semblant se perdre dans un paysage lointain et inatteignable. Depuis qu'il m'avait avoué savoir que j'étais une fille, nous parlions plus facilement comme si ce secret nous rapprochait, mais je ne savais pas comment interpréter sa soudaine mélancolie. On avait beau avoir à peu près le même âge à cette époque, je ne le comprenais pas pour autant. J'optais pour un changement de sujet.

— Dis, tu as déjà rencontré Doc Holliday ?

— Qui ne connaît pas le dentiste ? Dit-il en souriant.

— Dentiste ? Qu'est-ce que tu me racontes ? Je te parle de monsieur Holliday le joueur de carte et as de la gâchette !

Bastian me dévisagea l'air sérieux puis éclata d'un rire franc et clair. Il avait cette fraîcheur qu'il manquait à bien des hommes croisés à Tombstone. Peut-être n'était-il pas encore usé par cette vie rude et souvent trop courte. Pas de mine d'argent ou de duel pour lui, tous les jours il s'occupait des chevaux, un peu à part dans l'effervescence du Far West.

— Arrête de te moquer de moi ! Tu sais de qui je parle !

— Mais non, c'est toi qui est drôle. Holliday est vraiment dentiste, c'est de là que vient son surnom. Il a fait des études, a obtenu un diplôme et il paraît même qu'il faisait tourner un cabinet à Atlanta.

— Pourquoi est-il venu s'enterrer à Tombstone ?

— T'es sympa pour les gens qui vivent ici toi, s'esclaffa-t-il. C'est toujours des racontars, mais il serait très malade. Atteint de tuberculose d'après monsieur Montgomery. Ses médecins lui auraient conseillé d'habiter sous un climat sec.

— Mmm, mmm. Tu sembles bien renseigné.

— Quand on est garçon d'écurie, on n'a même pas besoin de laisser traîner ses oreilles pour entendre les dernières nouvelles. Tu verras.

J'espère que je n'en aurais pas le temps, me dis-je pour moi-même.

— L'autre jour, le barman me disait qu'il avait perdu son revolver porte-bonheur, ça me paraît incroyable !

— Oh, ici on perd rarement quelque chose. Je parierais plus pour quelques mains indélicates lui ayant subtilisé sa propriété. Tu sais ce que c'est dans le coin : ça vole du bétail de l'autre côté de la frontière, parfois des chevaux; et puis ça se sert aussi ici à Tombstone.

Bastian s'était tu, les yeux tristes à nouveau perdus dans ses pensées. Ses remarques étaient des accusations à peine voilées, il en savait plus qu'il ne voulait bien le dire, mais je ne voulais pas le forcer à me dévoiler ses secrets. Des voleurs de bétail et de chevaux sévissant dans la contrée ? Il me décrivait le gang des Cowboys. Ils avaient tout intérêt à affaiblir Doc, mais j'étais bien trop éloignée de ces malfaisants pour mener mon enquête, enfin c'est ce que je pensais à ce moment-là.

De retour à OK Corral, le soleil resplendissait déjà dans la tiédeur matinale. Nous rentrâmes les cinq chevaux nécessaires à la journée dans leur box respectif et y ajoutâmes quelques bottes de foin. Monsieur Montgomery s'était levé de bonheur ce jour-là. Accompagné d'un homme en complet marron surmonté d'un petit chapeau rond, il arpentait les écuries en lui faisant visiter les lieux.

— … Ah mon ami, ce serait vraiment l'endroit idéal, qu'en pensez-vous ?

— La lumière est bonne, certes, mais il faudrait mieux se placer devant le portail. Vous voyez, il faut que les gens reconnaissent votre écurie au premier coup d'œil.

— C'est vous le spécialiste ! Bastian, Louis, venez par ici ! Je vous présente Monsieur Camillus Fly, photographe à Tombstone. Allez, venez, vous allez être sur la photo.

Je restais bouche bée. Je réalisais que le nom Fly que j'avais aperçu sur une maison en arrivant à Tombstone correspondait en fait à l'artiste à qui on devait la plupart des photos de Tombstone : Camillus Sydney Fly. Toutes les images historiques de Tombstone dont j'avais pu me nourrir en lisant les livres de grand-père provenaient en fait de ce photographe. Le passé et le présent se télescopaient à m'en donner le tournis : tous ceux dont j'avais pu lire le nom dans un livre n'étaient plus de vaines lettres sur un papier jauni, mais de véritables personnes faites de chair et de sang.

— Allez Louis, remue-toi ! Tu as déjà vu un appareil à photographier, non ? Viens par ici.

Montgomery avait sorti son plus beau cheval blanc harnaché à une splendide calèche noire. Il prenait la pose, le coude posé sur la jante du véhicule. Bastian et moi nous sommes placés de l'autre côté, en dessous de l'immense panneau en bois qui annonçait haut et fort "OK Corral" en lettres capitales blanches sur fond rouge. Le photographe se plaça en face de nous avec une grosse boîte au bout d'un trépied. De la boîte sortait un objectif en cuivre terminé d'une lentille. À l'arrière du dispositif, Monsieur Fly souleva un rideau sombre sous lequel il s'abrita. Apparemment, il nous observait par l'intermédiaire d'un viseur comme les vieux appareils photo de grand-père, à la différence près que la boîte était aussi grosse qu'un ballon de basket.

— Là, impeccable. Maintenant ne bougez plus. Ne respirez plus tant que je ne vous dirais pas le contraire.

Il appuya sur un déclencheur relié à son appareil primitif. Puis le temps passa, traîna, semblant s'arrêter. Était-ce un jeu ? Pourquoi cette immobilité. Après une éternité nous entendîmes à nouveau sa voix.

— Parfait ! C'est dans la boîte.

Curieuse je m'approchais de lui. Pourquoi avait-il besoin d'un si gros outil lorsqu'un smartphone pouvait faire la même chose et stocker tous mes albums photo sur une carte pas plus grande qu'un ongle (et encore ce serait dans le cas stupide où je ne mettrais pas mes photos et vidéos dans un cloud ou sur Instagram !).

— Comment ça marche, Monsieur ?

— Ah voilà un gamin bien curieux. Ça me fait plaisir, trop de gens commencent à s'habituer à la photographie et ne s'intéressent déjà plus à ce merveilleux procédé. Ce devrait être tout le contraire ! Les méthodes évoluent si vite. Mais je m'égare, vois-tu ceci est comme une chambre noire où seule la lumière devant l'appareil entre. L'objectif grossit et concentre la lumière sur une plaque faite de collodion. La plaque est photosensible, cela veut dire qu'elle imprime la lumière qu'elle reçoit.

— N'embête pas mes gamins avec ça, c'est du charabias pour nous !

— Mais non John, c'est bien de former la jeunesse. Pour faire simple, une fois que la lumière a marqué la plaque photographique, je dois rapidement rentrer pour la développer. Il s'agit d'arrêter que la lumière n'imprègne la plaque pour en obtenir une photographie.

— Mais pourquoi devons-nous rester autant de temps immobile ?

— Bonne question petit, plus on attend et plus la lumière entre et se concentre sur la plaque photographique jusqu'à ce qu'une image se forme. Si tu bouges, c'est comme si tu dessinais plusieurs images différentes sur la même feuille. Donc on ne bouge pas, on laisse l'image s'imprimer puis je ferme l'objectif pour qu'aucune lumière supplémentaire ne modifie l'image obtenue. C'est plus clair ?

Il posa délicatement sa main sur la chambre photographique :

— Dur d'imaginer que tout ça est fait par une petite plaque, hein ?

Non ce qui était dur c'était d'imaginer qu'il fallait autant de temps et d'interventions pour créer une seule image. J'imaginais qu'à chaque époque on savourait de nouvelles technologies révolutionnant le quotidien. Qu'aurait-il pensé de petites caméras tenant dans le creux de la main et capable de capturer plus de 120 images par secondes pendant une ou deux heures et de les stocker sur une carte mémoire plus petite que sa cravate texane. Mais pour une fois, je tins ma langue.

**

— Louise, tu te sens d'attaque pour travailler Double Star aujourd'hui ?

J'appréciais quand Bastian m'appelait par mon vrai prénom même si je redoutais toujours que quelqu'un ne l'entende. Si je lui avais servi mon mensonge sur mes faux parents venant de Tucson, au moins lui avais-je avoué mon vrai prénom. J'étais certaine qu'il n'était pas dupe, mais il n'insistait pas pour en savoir plus et je l'appréciais pour ça. Il était plus avenant envers moi. Il m'avait même fait entrer dans l'appartement de Monsieur Montgomery pour pouvoir prendre une douche bien méritée. J'avais dû lutter contre moi-même pour utiliser l'eau déjà trouble du bac après le passage du patron, mais je ne pouvais pas faire la fine bouche : l'eau coûtait plus cher que l'alcool à Tombstone.

Je m'assurais que la natte était bien enfermée sous mon chapeau et resserrais la sangle pour être certaine qu'il ne s'envole pas. Il me fit un clin d'œil. auquel je répondis d'un sourire.

— Prête, allons voir notre mustang !

Double Star ruminait tranquillement dans le round-pen. À notre arrivée il redressa violemment l'encolure pour étudier tout danger. Il resta indécis et attendit mon entrée dans l'enclos. L'exercice consistait à répéter les mouvements de fuite sur mes demandes en m'arrêtant plus souvent pour qu'il comprenne bien qu'il trouverait du confort auprès de moi dans le calme. Il essaya plusieurs fois de s'opposer au mouvement voulu, mais accepta au fur et à mesure mes sollicitations. Je le trouvais plus détendu que la veille bien que chaque sursaut trahissait sa vivacité.

J'hésitais un instant. Il était sûrement temps de lui passer un licol autour de la tête, un vrai dresseur l'aurait déjà fait. Intérieurement je pris une grande respiration - surtout ne rien lui montrer de mon appréhension - et attrapai un licol dans la main gauche à la place de la corde. Je m'approchais calmement, face à lui, en tendant la main vers son museau. Il hésitait à partir sur la droite puis sur la gauche, tendant les muscles et tendons de ses antérieurs puis les relâchant dans la même seconde. À trois mètres de lui je m'immobilisai et attendis. Lui aussi restait immobile, puis petit à petit gagné par la curiosité il s'approcha… D'abord un petit pas, puis le sabot suivant. Il fixait ses yeux sur moi. Je perçus une présence dans mon dos. Lui aussi. Il releva la tête, me percuta et courut autour de la barrière. Mince, raté ! Je me retrouvais encore par terre avec l'épaule endolorie.

Je me remis au centre et le forçais à galoper, lorsqu'il m'a semblé qu'il en avait marre, j'arrêtais et essayais à nouveau d'aller vers lui. À trois mètres à nouveau il avança timidement. À un mètre et demi, je le surpris d'un "stop" bien sonore, puis fis un pas pour lui caresser le chanfrein par de doux aller-retours. Je le sentais tendu, alors stoppais quelques secondes; puis je recommençais en le félicitant et avant que l'interaction ne soit trop stressante pour lui j'arrêtais. A un moment donné j'ai vu ses épaules s'affaisser : il se décontractait. De mon côté je sentais encore la fameuse présence, mais je réussis à l'ignorer. Doucement je pris le licol et continuais mes caresses avec le licol contre les flancs du cheval, prenant soin de répéter inlassablement le même procédé à gauche et à droite. Il était parfois sur le point de partir, alors j'arrêtais.

La séance se termina sans que je ne lui passe le licol. Pas encore, pas aujourd'hui, il faudrait qu'il soit prêt à l'accepter de lui-même.

Alors que je retournais remplir les abreuvoirs, Bastian m'accompagna.

— Super Louise, tu es vraiment douée.

J'attendais la suite, car, si je n'étais pas surprise par sa gentillesse, je sentais qu'il avait autre chose à me dire.

— Quand tu t'occupais de Double Star, tu avais du public. Un vieil apache t'observait, tu le connais ?

Je n'avais rien vu, bien trop concentrée sur le mustang et ses mouvements. Dans le round-pen, nous formions un couple isolé du reste du monde le temps de notre entraînement. Bien difficile de dire qui était autour de l'enclos à ce moment-là, mais je me souvenais avoir senti une présence. Double Star avait réagi et profité de ce moment d'inattention pour me bousculer.

— À quoi ressemblait-il ?

— Bah je sais pas, tous les indiens sont un peu les mêmes pour moi. Un bandeau autour des cheveux, et puis de vieux yeux très ridés, mais perçants comme s'ils étaient capables de voir ton âme.

Sa courte description me remémora le vieil indien à mon arrivée à Tombstone. Il ne m'avait pas lâchée du regard, me sondant bien au delà de la frontière de mes yeux. Me suivait-il ? La question me mettait mal à l'aise. Que me voulait-il ? Je savais que les relations entre les Indiens et les hommes blancs de cette époque étaient souvent conflictuelles et violentes. Le gouvernement américain avait imposé aux différentes tribus de quitter leurs territoires sacrés pour se concentrer dans des réserves. Un nouveau danger me guettait-il ?

***

Bureau du Patron. Silence. Il me regardait, ses doigts croisés, mains posées sur son ventre. Ça sentait le roussi, peut-être que j'étais trop lente pour le débourrage de Double Star et qu'il allait me montrer la porte. Silence. Il se mit à chiquer du tabac, l'air nerveux. Je ne l'avais jamais vu aussi nerveux, il était toujours jovial, à l'aise dans la moindre situation. Il regarda sa montre à gousset. Il attendait quelqu'un et cette personne était en retard.

— Patron, si c'est à cause du débourrage…
— Ne t'inquiète pas Louis.
— Oui, mais vous savez…
— J'apprécie beaucoup ce que tu fais avec Double Star.

On aurait pu entendre mon soulagement jusqu'au fond de l'écurie.

— Mais c'est vrai que je n'avais pas prévu que ça durerait aussi longtemps. Tant pis, va falloir que je me débrouille…

Il resta mystérieux. Puis des bruits de sabots retentirent au loin, s'approchant à vive allure. Il ne fallut pas longtemps avant que des bottes ne résonnent sous le porche. Plusieurs paires de bottes. Le visage tendu, Monsieur Montgomery se leva et fit le tour de la table pour accueillir les nouveaux arrivants.

— Ike, Billy ! Et ce bon Ernest !

A l'annonce de ce dernier prénom, mon sang ne fit qu'un tour et j'aurais voulu fuir sur le dos d'Arizona. Mais je ne pouvais pas m'enfuir, assise sur une chaise, dos aux nouveaux venus.

— C'est bon de voir des Cow-boys dans le coin, entrez !

— Salut John, t'as toujours ton vieux bourbon hein ?

— Vas-y sers toi derrière le petit comptoir.

Un des hommes passa à côté de moi pour se servir. Il puait la transpiration et l'odeur de cheval. À chacun de ses pas, les vieilles bottes craquelées raclaient le sol en faisant tinter ses éperons.

— Eh, mais c'est pas Bastian ? Un nouveau, tu t'es enfin débarrassé du bon à rien ?

— Ah ça c'est Louis, il aide Bastian. D'ailleurs c'est lui qui est en train de débourrer le mustang dont je vous ai parlé.

Les deux autres entrèrent et se servir des verres comme si ils étaient chez eux. Immédiatement je reconnus Ernest mon agresseur ivrogne et lubrique du saloon. Alors que son regard morne s'arrêtait sur moi, je baissai les yeux et m'enfonçai dans ma chaise.

— Ah ouais le Mustang… Si on allait le voir, tu me parleras aussi du bétail que tu as vendu pour moi, dit le dénommé Ike. Billy, prends la bouteille, Johnny n'en a pas besoin.

Le groupe sortit dans la cour comme ils étaient entrés : en tornade. Je leur emboîtais le pas pour me réfugier parmi les chevaux de l'écurie. Mes mains tremblaient. Arrivée près d'Arizona, je me crus en sécurité. Une main me tira vers l'arrière, alors qu'une autre se plaqua sur ma bouche pour me faire taire. Je me retournais vers l'individu et reconnus Bastian juste avant d'essayer de crier. Il me faisait signe de ne pas faire de bruit. Caché derrière un poteau de l'écurie, il colla sa joue contre le bois pour observer les Cowboys. Sa voix était basse et sourde, il y grondait une colère silencieuse.

— Ah je les déteste ceux-là.

— Tu les connais ?

— Bien trop à mon goût.

Mais Bastian ne voulut en dire plus sur le sujet et se contenta de soupirer.

— Ils vont encore se saouler et traîner ici comme s'ils étaient chez eux.

— Que font-ils ici ?

— Le patron a plusieurs têtes de bétail à vendre pour leur compte. Certainement des vaches volées aux Mexicains si ce n'est pas à un fermier de la région. Et là ils viennent voir leur acquisition : Double Star.

— Quoi ?

— Chuttt… Tu vas nous faire repérer. Oui Montgomery va leur vendre Double Star une fois montable ; évidemment à un super prix, car c'est un moyen d'entretenir de bonnes relations avec ces bandits. Eux sont très friands de nouveaux chevaux et particulièrement de chevaux sauvages. Quel gâchis que cet animal aille dans leur ranch.

Je serrais les poings, outrée. Non ils ne pouvaient pas emmener Double Star, ils ne le méritaient pas ! J'étais encore plus en colère de réaliser qu'au final chaque jour je suais pour leur préparer un cheval. Un bon cheval, vif et qui apprenait vite, pour des hors-la-loi qui ne respectaient rien. Je les voyais déjà le frapper s'il n'obéissait pas ou le lacérer de leurs éperons au lieu de les utiliser avec raison. Mes poings se serrèrent un peu plus, faisant craquer mes articulations. Si j'avais eu une carabine sous la main, je les aurais chassés des lieux du plomb dans les fesses. Mais il fallait certainement mieux pour moi ne pas posséder d'armes à feu, ces gens étaient dangereux, habiles de leurs mains et n'hésitaient pas à laisser des cadavres sur leur passage. Ernest avait déjà essayé de s'en prendre à moi au Saloon. Qu'aurais-je fait ce jour-là sans Doc ? Il n'était pas là cette fois pour me protéger. Que se passerait-il si Ernest me reconnaissait ? Ou que je les croisais seule dans une rue ?

Sans y faire attention, je mettais accolée au dos de Bastian. Il ne dit rien, mais sa présence me rassurait. Il était mon seul ami en dehors de ma jument dans cette contrée et mon instinct me disait que je pouvais lui faire confiance. Même s'il avait ses propres zones d'ombre, il était de mon côté.

— Qu'est ce qu'on peut faire pour Double Star ? Ils ne peuvent tout de même pas l'avoir, déclarais-je tout en posant ma main sur son poignet.

Il se tourna vers moi et me regarda dans les yeux. Son visage respirait la tristesse; lui souvent si volontaire et prompt à se moquer de mon empressement semblait impuissant. Ce n'était pas seulement ça, je sentais une douleur profonde et dans son regard brillait la colère. Il retira soudainement sa main, et ce n'est qu'à ce moment-là que je remarquais une sombre cicatrice lui lacérant l'avant bras avant de disparaître sous sa chemise.

— J'ai déjà essayé, lâcha-t-il d'une voix tremblante et il se retourna vers les Cowboys.

Les trois hors-la-loi buvaient autour du round-pen, Monsieur Montgomery prisonnier de leur présence. On les entendait beugler et se vanter de leurs derniers exploits, mais ce n'est qu'à l'annonce d'un nom que j'arrivais à me concentrer sur leur conversation.

— Et ce beau parleur de Doc, on va l'enterrer avec les frères Earp ! On va se débarrasser une fois pour toutes de ces fumiers, ça va pas faire un pli : les deux pieds devant !

— John Ringo n'en fera qu'une bouchée de Doc !

— Tu peux l'dire Billy ! Le petit Doc a perdu son flingue.

— Ouep, il n'a rien vu arriver le joueur de carte, trop occupé à jouer et à parler. Et hop Kate au gros nez qui lui pique tranquillement.

— Il n'aurait pas dû la repousser. Depuis elle lui en veut presque autant qu'on le hait. Ça a été un jeu d'enfant de l'engager pour cette tâche.

— Le pire c'est qu'elle a gardé l'arme. On peut la faire accuser de vol sans même être impliqués !

Les trois ivrognes s'esclaffèrent d'un seul homme.

Lorsqu'ils repartirent en fin de journée, la tension s'évanouit d'OK Corral et chacun put reprendre ses tâches habituelles. La nuit tomba sur Tombstone et, allongée sur mon ballot de paille, je me fixais comme mission de retrouver cette fameuse Kate "au gros nez".

Chapitre VII

Je me noie ! J'ai la tête hors de l'eau, j'agite mes bras et mes jambes en tout sens pourtant je m'étouffe ! Et puis l'eau me submerge. La lumière du jour disparaît à la surface de l'eau, je m'enfonce. Soudain l'obscurité.

Les poutres au plafond. Il faisait nuit dans l'écurie. Point d'eau ou de noyade, ce n'était qu'un cauchemar. Pourtant je ne pouvais toujours pas respirer correctement, ma bouche entravée par une main calleuse qui m'empêchait d'avaler de l'air. Je gesticulais pour voir mon agresseur et, bien qu'il fasse sombre, je distinguais son bandeau et sa peau tannée. Il me regarda de ses yeux légèrement plissés : c'était un des indiens que j'avais déjà rencontrés. Quelques mots sortirent de ma bouche, des sons inaudibles étouffés au fond de ma gorge. Plus je me débattais et plus son emprise se raffermissait. Je lui griffai le bras, mais il ne broncha pas, un grand coup de pieds dans les côtes n'eut pas plus d'effet. Un deuxième puis un troisième ne lui décrochèrent qu'une grimace et je reçus un coup du revers de la main en retour. Un goût de fer envahit ma bouche, du sang frais. Toute la pièce me parut teinte d'un voile blanc tant le coup m'avait sonné. Rapidement je me retrouvais totalement prisonnière, bâillonnée et ligotée sur mon lit de foin.

Une lumière chaude emplit l'écurie, c'était Bastian qui avait certainement entendu du bruit. Il portait un pantalon pour tout habit et une torche à la main. Lorsqu'il fut suffisamment près, je remarquais la cicatrice sur son avant-bras, elle remontait au-delà du bras, se transformant en zébrures qui lézardaient son torse jusque dans son dos.

— Que se passe-t-il ?… Louise !

Je ne pouvais que marmonner dans mon bâillon, mais pour dire quoi ? Je suis ligotée, pourrais-tu me libérer ?

L'indien s'interposa entre Bastian et moi. Mon ami était furieux, je ne l'avais encore jamais vu dans cet état. Il lui ordonna de me libérer, mais l'indien se saisit d'un long couteau attaché le long de sa jambe et se mit en garde. J'aurais voulu crier à Bastian de fuir et d'aller chercher des renforts. Il passa sa main dans son dos et en ressortit le petit couteau qu'il utilisait tous les jours dans les travaux d'écurie. Bien qu'il n'avait aucune chance dans ce combat déséquilibré, il se rapprocha de l'indien. Ce dernier paraissait surpris de rencontrer de la résistance et hésita à porter le premier coup.

Lorsque Bastian fut à portée, le long couteau de l'apache fit des zig zag dans l'air pour le repousser. Bastian essayait de contourner son adversaire sans succès, soudain il sauta pour rompre la distance. L'arme de l'indien suivit une large trajectoire horizontale. La lame rencontra le buste de Bastian et alors qu'il reculait pour éviter la coupe, elle laissa une longue trace rouge. Blessure superficielle, Bastian s'en sortait bien. Il était déjà prêt à retenter sa chance, le petit canif face au long tranchoir. J'entendis du remue-ménage provenant de la maison du patron, des lumières s'allumèrent et un chien se mit à aboyer. Des gens allaient venir nous aider ! Mais un gourdin s'abattit sur la nuque de Bastian et il s'effondra comme un pantin désarticulé. Un deuxième indien sortit de la pénombre et parla de manière véhémente à son acolyte. Mon agresseur revint vers moi. Je m'éloignais au maximum de lui malgré mes mains et mes pieds entravés. En vain. Il m'attrapa et me souleva de terre comme un fétu de paille. Perchée sur son épaule, je ne voyais plus que le sol de l'écurie se balancer sous moi. Il me déposa en travers d'une selle - ma selle - et je reconnus la robe et les pieds d'Arizona. Qui l'avait sellée et pourquoi ? On m'attacha les mains aux pieds par une corde sous la ventre d'Arizona ainsi qu'à la corne. J'étais complètement solidarisée avec la selle.

Ils accrochèrent les rênes d'Arizona à leur propre selle et passèrent par le portail au trot.

— Arrêtez ! Cria monsieur Montgomery qui venait de débarquer dans une grenouillère improbable. Il se plaça courageusement sur leur chemin, mais fut repoussé d'un coup de pieds.

Le temps que je tourne la tête pour voir s'il se relevait, nous étions au galop dans les rues de Tombstone et OK Corral disparaissait derrière nous. Quelques minutes plus tard, la ville encore endormie se mit à rétrécir… Lointaine et hors d'atteinte avant de disparaître.

***

À bonne distance de Tombstone, mes ravisseurs m'ont libérée pour me permettre d'être correctement assise à cheval. J'étais toujours entravée, les mains attachées à la corne, mais au moins je n'avais plus la tête en bas avec le sang me tambourinant aux oreilles. Ils ne parlaient pas et se déplaçaient dans la semi-obscurité sans l'ombre d'une hésitation. Ces fins pisteurs n'avaient guère plus besoin que de la lueur des étoiles pour se repérer et suivre leur piste. Le désespoir me gagnait, personne ne pourrait suivre nos traces et me sauver. Et si par chance je parvenais à m'échapper, je ne savais même pas comment revenir à Tombstone.

Le trot fut de rigueur pendant la majeur partie du trajet. Je comptais arbitrairement vingt minutes à cette vitesse, le bassin vissé dans la selle comme de vrais cowboys. Enfin eux montaient à cru sur un gros tapis. Nous passâmes enfin au pas, slalomant entre les cactus et arbustes rachitiques qui formaient des ombres fantomatiques sur le sol. J'avais l'impression d'être entourée de vampires aux longues capes et membres démesurés prêts à se jeter sur moi. Je préférais alors lever les yeux vers une voûte céleste déchirée par la voie lactée. Face à une terre aride, dans le ciel, une longue rivière d'étoiles nous baignait d'une lumière lointaine. Dans mon malheur, je trouvais le spectacle magnifique, je n'avais guère vu plus d'une centaine d'étoiles dans le ciel pollué des villes, et là je n'arrivais pas à les compter. Notre galaxie resplendissait de mille feux, et si ce voyage devait être mon dernier, j'en savourais la beauté.

Finalement nous arrivâmes à un campement. Plusieurs tipis et une habitation plus grande recouverte de peau et dont les structures de bois souple dépassaient du sommet, un wickiup, se côtoyaient autour d'un âtre éteint. Les fers d'Arizona annoncèrent notre arrivée, couvrant le clop clop des sabots nus des chevaux indiens. Un pan du wickiup s'ouvrit et laissa la lumière envahir le camp. Au milieu de cette lumière, la silhouette d'un homme se dessina. Les deux cavaliers mirent pied à terre et l'homme du wickiup s'approcha de moi. Je reconnus le vieil indien des rues de Tucson. Il portait une veste en cuir à franges sur un pantalon de lin blanc enfoncé dans de haut mocassins apaches. Une couverture entourait ses épaules pour le prémunir du froid sans cacher complètement un collier composé de pierres turquoises et de petits os. Il avait l'air nettement plus "indien" que lors de notre rencontre à Tombstone.

Il saisit Arizona par la bride et s'adressa à moi :
— Bienvenue en Apacheria, esprit du futur.

Je restais indécise, se moquait-il de moi ? Le plus jeune prit un long couteau et sectionna mes liens. Il m'aida à descendre et m'indiqua de suivre le vieil homme qui rentrait déjà dans l'habitation.

À l'intérieur, un petit feu assurait l'éclairage plus qu'il ne chauffait réellement les lieux. La hutte devait mesurer quatre mètres de large et comprenait plusieurs lits de jonc tressé recouvert de peau, sûrement du bison. A même le sol on trouvait des sacs de peau et quelques poteries et coffres. Le vieil homme était assis sur un coin du lit en face de moi.

— Je suis Mangas. Et toi esprit ?
— Euh… Je…
— Pourquoi es-tu venu ici ?

Ça tombait bien qu'il en parle parce que j'aurais bien aimé dormir tranquillement cette nuit et ne pas me faire kidnapper.

— Je ne…

Il leva la main et parla dans sa langue maternelle. Cela ressemblait à un chant rauque et grave, mais ça n'avait aucun sens pour moi. J'en avais marre de ne rien comprendre. Rien comprendre à ses paroles, à celles de grand-père ou à ce que j'étais supposée faire au Far West alors tout sortit en désordre.

— Oui je suis du futur ! Vous avez raison, j'ai été transportée ici, enfin pas géographiquement ici; je veux dire que quelque chose m'a amené à votre époque. Je ne suis pas un esprit, juste une fille qui n'a rien à faire dans votre temps. Est-ce qu'au moins vous comprenez ce que je dis ?

Il continuait à parler dans sa langue et cela se transformait de plus en plus en un véritable chant. Il ne semblait pas vraiment m'écouter, d'ailleurs je n'étais pas certaine de m'écouter non plus, je lui parlais du galop à cheval, du vent, le saut de la barrière qui se termine de l'autre côté d'un précipice presque cent cinquante ans avant que je ne naisse… Je ne trouvais pas de sens à tout ceci alors comment aurait-il pu me croire ou me comprendre ?

Il s'arrêta.

— Tsss tsss… Perdue dans ta tête. Mais aussi de corps, je le vois.

Ok, là je me suis dit qu'on me faisait une blague et que je parlais à un acteur imitant Yoda. Allez, sortez de là, montre-moi la caméra et qu'on arrête tout ce cirque !

Il temporisa avant de reprendre.

— Assieds-toi. Les esprits vont parler. Ils nous guideront.

Le sérieux de sa déclaration m'ôta tout idée de canular. Non ce n'était même pas un mauvais acteur, juste un indien persuadé de vivre entouré d'esprits. Il me présenta un bol peint de blanc, jaune et bleu. Il était rempli d'une mixture verdâtre où baignaient les restes d'une concoction de plantes.

— Bois.

J'imaginais que si je refusais, ses deux amis viendraient me forcer à boire le liquide. Mais il n'émît aucune menace. Je bus donc et eus l'impression d'avaler un vieux remède de grand-mère aux herbes capable de vous déboucher le gosier ou un évier à l'occasion. Il m'empêcha de finir le bol et but lui même la mixture. Puis il jeta le reste dans l'âtre du feu; des flammes jaillirent et montèrent jusqu'à lécher le plafond. la pièce se remplit rapidement de vapeur. L'air était si humide qu'il en devenait opaque et blanc, je ne voyais plus le vieil indien, et les murs même se noyaient dans cette brume épaisse. Elle s'engouffrait dans mes narines et s'immisçait malgré ma bouche close. Je respirais difficilement et toussais. J'avais l'impression d'aspirer toute la pièce alors que Mangas se mit à chanter plus fort. Il devait employer un tambour, car j'entendais maintenant des percussions sourdes et entêtantes au rythme de ses paroles. Tendant mes bras dans le maelstrom blanchâtre je ne rencontrais que le vide.

Puis il me sembla discerner des formes. Elles prirent peu à peu consistance entraînées par la musique. Je devinais une bouche ici, un nez là et crus distinguer des loups et des coyotes. Les animaux se transformèrent en hommes. Puis apparurent des paysages qui me paraissaient familiers. La tête me tournait et j'avais du mal à me concentrer. Là ce devait être la prairie près du ranch de grand-père et un peu plus tard, après de nouvelles transformations, je le retrouvais au galop. Il était plus jeune. Mais ce n'était pas son ranch, peut-être un ranch y ressemblant, plus ancien en plein Arizona. Vêtu comme un indien il chassait le bison… La vision changea, à présent il était avec grand-mère dans sa bibliothèque, je crois qu'il lui parlait du Far West. Il mimait sa chasse du bison dans le passé, plus d'un siècle en arrière, mais Grand-mère agitait la tête en signe de dénégation, elle ne le croyait pas. L'image se troublait. Je le voyais à nouveau galoper près de son ranch, il filait plus vite que le vent; tout tourbillonnait autour de lui comme lors de mon propre galop dans le temps; dans le wickiup c'est une tornade qui se déployait et sifflait dans mes oreilles. Je me focalisais sur le chant du shaman; l'image se fit à nouveau nette, cette fois grand-père portait un chapeau mexicain et jouait aux cartes. Il perdait au poker face à un carré d'as, c'est Doc qui ramassa la mise.

La vision s'éloigna et se transforma. J'apparus dans le flot d'images. Je galopais et traversais le temps, je vivais dans le passé de l'Amérique du nord, les images s'emballèrent. Double Star courrait librement, non, il était prisonnier puis à nouveau libre. Tout se mélangeait. Doc et trois hommes dans une ruelle, ils étaient quatre en face, des coups de feu; Doc tomba. Les hommes au foulard riaient. La vision accélérait, Tombstone subissait des raids de pillards, Tombstone brûlait. Tout devint flou, tout s'emballa autour de moi tel un ouragan. La tête me tournait beaucoup trop, j'essayais de me retenir à un meuble, mais mes doigts se perdaient dans le vide. Les images tombaient, non c'est moi qui tombait. Et puis tout s'est éteint.

Je me réveillais seule dans l'habitation indienne. La lumière du jour pleuvait telle une cascade par l'ouverture en haut de la hutte. Je me relevais d'un lit d'où je ne me souvenais pas m'être endormie. Ce n'est que lorsque je mis un pied au sol, titubant pour conserver mon équilibre et la tête encore bourdonnante, que je sus que les effets de la nuit passée n'avaient pas totalement disparus. La nausée allait et venait à chaque pas, mais je décidais de serrer les dents et de tenter de partir.

J'écartais la peau épaisse de l'entrée du wickiup et le flash de la lumière du jour agressa immédiatement mes yeux. Un étau invisible m'enserrait le front jusqu'à rendre la vue du jour insupportable. Ce n'est qu'en mettant ma main en bandeau devant mes yeux que je pus en réduire l'effet.

— Bonjour, fille du futur.

Le shaman me regardait assis sur un rocher ocre érodé par le vent. Il semblait tout aussi usé que le rocher. Il fumait calmement une longue pipe.

— Bois ceci, dit-il en me désignant une poterie posée sur le sol, cela t'aidera.

Inutile de préciser qu'après ma précédente expérience, je redoutais de boire à nouveau une de ses potions. Mais celle-ci me fit du bien presque immédiatement.

— Que faites-vous ? lui demandais-je alors que les yeux clos il semblait murmurer quelques mots.

— Prier, c'est ainsi que vous dîtes. Je prie les *diyí* - les dieux. Ussen qui nous a mis sur Terre, car tâche être rude. J'ai vu le coyote; il est sournois et malin. Il a changé le temps. Ce qui devait être ne sera peut-être pas, mais tu es venue et j'ai aussi vu le buffalo. Lui nourrit, il aide les gens.

— Je ne comprends strictement rien à ce que vous dîtes !

— Tu dois aider les gens. Tu es le buffalo.

— Moi je n'ai rien vu de tout ça ! Je n'ai pas eu ces visions !

— Personnelles. Les visions sont personnelles. Elles parlent ton langage. Souviens-toi ! Qu'as-tu vu ?

Je me rappelais de grand-père, âgé d'une quarantaine d'années peut-être moins; il voyageait entre le présent et le passé et il y vivait des aventures d'un autre âge avant de rentrer dans son ranch les conter à son épouse. Ce qui me frappa soudain était que, tout au long de mon enfance, il ne me contait pas l'Histoire officielle, mais ses escapades. J'aurais dû m'apercevoir que ses récits contenaient beaucoup trop de détails que seule une personne les ayant vécus pouvait connaître. Mais j'aurais peut-être refusé de le croire comme l'avait fait grand-mère dans ma vision. Mangas m'écoutait religieusement lui décrire les visions et ma relation avec grand-père. Parfois il hochait de la tête comme si tout ce récit fantastique faisait totalement sens. Je lui racontais sa mort, la souffrance du cancer et le vide qu'il laissait en moi. Et puisqu'il était le seul à pouvoir croire une histoire pareille, je lui parlais aussi de ma rencontre avec barman/grand-père.

— Lui a beaucoup voyagé. Comme un bateau sur le fleuve du temps. Ses passages ont créé des vagues comme la pierre qui tombe dans l'eau.

Il jeta un petit cailloux dans un bol rempli d'eau, des cercles concentriques de vaguelettes partirent de l'impact et se propagèrent jusqu'aux bords. Les bords les retinrent et les vagues repartirent dans un va et vient entre le centre du bol et son bord jusqu'à ce que l'onde perde en puissance et que tout devienne à nouveau paisible.

— Les vagues, effets du voyage… Son esprit était comme les parois de ce bol. Une protection. Mort, les effets ont touché le temps puis ont disparu. Mais si une partie de son esprit est encore là…

Il se tut.

— Oui ? S'il est encore là ? Vous voulez dire enfermé dans le passé. Prisonnier ?

— Pas prisonnier. Il part, mais a laissé des traces. Les traces s'effacent, mais… Les vagues ont continué. Temps a changé. Il ne peut plus corriger le temps, plus assez fort. Alors temps change. Des détails.

— Quels détails ?

— Seule toi sait, fille du futur.

Je revoyais Double Star parfois libre, parfois prisonnier dans ma vision. Doc mourrait dans cette vision et les Cowboys mettaient Tombstone à feu et à sang. S'il y avait une part de vérité dans tout cela, je n'étais guère plus avancée.

— Tu dois corriger les détails.

— Mais pourquoi moi ?

— Toi aussi être une pierre qui fait des vagues.

Notre conversation ne m'informa pas plus sur le moyen de rentrer chez moi. D'après le vieil indien, je possédais le même pouvoir que grand-père : traverser le temps. Mais puisque personne ne m'avait donné le manuel d'emploi, ce qui pouvait ressembler à un super pouvoir sonnait plutôt comme une malédiction. Mangas devait partager mon avis, car, avant que je ne parte, il m'offrit un bracelet fait de sauge sensé éloigner les mauvais esprits.

Puis il m'indiqua la direction pour rentrer à Tombstone me laissant avec bien trop de questions pour ne pas me sentir impuissante face à tout ce qui arrivait. Il m'avertit plusieurs fois : je devais écouter l'esprit de mon grand-père et corriger les modifications de l'Histoire. Le moment venu, lorsque tout serait à nouveau dans l'ordre des choses, les forces de la Nature me renverraient à mon époque, mais il fallait absolument que je sois accompagnée de mon cheval à ce moment-là. Si nous devions être séparés et que ces puissantes forces se manifestaient, alors nous resterions bloqués ici dans le meilleur des cas. Il ne dit pas ce qui arriverait dans le pire des cas, ce qui me laissait supposer qu'Arizona et moi disparaîtrions totalement de toute époque. Alors que nous le quittions, il insista encore sur le fait de ne pas quitter Arizona, et ajouta qu'il m'aiderait dans la mesure du possible le moment venu.

***

En rentrant à Tombstone, je trouvais un nouveau chapeau pour cacher ma natte et j'allais directement voir le barman/grand-père. Malheureusement aucune lueur ne traversa ses yeux et je me retrouvais face à un barman impassible, toujours prêt à nettoyer ses verres. Dépitée, je rentrais à OK Corral.

Montgomery fut le premier à me voir et m'accueillit comme un membre de sa famille parti depuis bien trop longtemps : il me serra tellement fort que j'eus peur que mes os craquent. Quelques minutes après ces embrassades, Bastian arriva sur un cheval épuisé et couvert de poussière. Il sauta de cheval avant son arrêt pour me prendre dans ses bras. Entre deux sanglots étouffés il me dit combien il était heureux de me revoir et j'appris qu'il m'avait cherché dans les environs depuis la fin de la nuit; il aurait bien commencé avant si Montgomery, lui-même, n'était pas parti à ma recherche avec deux hommes armés. Tout le monde pensait que j'allais subir le même sort que de nombreux fermiers attaqués par les indiens… Mais Bastian n'avait pas voulu baisser les bras, parcourant plus d'une centaine de kilomètres toute la journée et manquant d'épuiser sa monture. Loin de mes proches, ces effusions inattendues me réconfortèrent. A défaut de trouver un moyen de rentrer, je pouvais au moins compter sur des personnes qui tenaient à moi à Tombstone.

Tous deux voulaient en savoir plus sur ce qui s'était passé et comment j'avais pu revenir saine et sauve. Bien obligée j'inventai une histoire d'évasion, profitant d'un moment d'inattention pour partir au galop avec Arizona et me terrer dans un petit canyon. Bien sûr quand il s'agissait de préciser où se situait ma cachette, je racontais avoir perdu toute notion du temps et de l'espace tellement j'étais fatiguée. Le patron voulait m'inviter à me reposer dans sa chambre d'ami, mais je déclinais poliment l'offre en prétextant que j'avais besoin de retrouver un cadre habituel : celui de l'écurie et des chevaux. Petit mensonge, car j'avais en vérité besoin de parler à Bastian : je voulais tout lui dire. Bastian qui avait bien compris mon manège, me suivit.

Arrivés au box, je ne pus me retenir plus longtemps. Toutes ces histoires de voyage dans le temps et de modifications de l'Histoire, c'était trop pour moi, j'avais besoin de dire la vérité à quelqu'un à qui je tenais chaque jour un peu plus. Il fallait que je lui conte la vérité depuis le début.

— Je ne suis pas de Tucson, et je n'ai pas de parents venant de San Xavier Del bac.

— Ça je m'en serais douté Louise.

— Attends, c'est pas facile pour moi, car tu ne vas certainement pas me croire.

— Essaies pour voir, je suis assez bon pour deviner quand on me ment. J'ai un don pour ça.

J'aurais voulu lui dire que je venais de l'année 2018 et que j'avais traversé le temps avec Arizona par je ne sais quel miracle ou super pouvoir. Il aurait été dubitatif, mais je lui aurais tout raconté : grand-père/barman, le shaman, les visions et le fardeau que je portais sur mes épaules. J'aurais pu enfin me vider, me soulager du poids de mon secret. Il m'aurait écouté, gentil et attentif, mais m'aurait sûrement dit quelque chose du genre :

— Tu sembles totalement sincère et honnête… Soit tout ce temps passé sous le soleil du désert t'a fait délirer et tu crois vraiment à ce que tu racontes, ou alors, tu me dis la vérité, mais je ne vois pas comment arriver à y croire.

À vouloir tout avouer d'un coup, je pouvais briser l'amitié et la confiance qui nous liaient. Cette possibilité me nouait l'estomac, j'étais prête à régurgiter. Alors de peur de le perdre j'optais pour une vérité plus modérée.

— Je viens de France de l'autre côté de l'Atlantique. Je suis partie lorsque mon grand-père est mort; il adorait le Far West et me racontait des histoires sur ces contrées, mais je n'aurais jamais pensé arriver ici… Mais ma famille me manque, je voudrais rentrer chez moi.

— Qui t'en empêche ?

— Pas qui. Je ne sais pas comment m'y prendre.

— Tu manques d'argent ?

— C'est compliqué…

— Louise, tu ne me dis pas tout.

— C'est vrai, tu as raison. Et pourtant comme j'aimerais tout te dire, mais pour l'instant… C'est trop compliqué.

— Ne t'inquiètes pas, dit-il en haussant les épaules. Je respecte que tu aies des secrets. Peut-être qu'un jour tu m'en diras plus, en tout cas tu es bien la première française que je rencontre de ma vie.

Il se recula, mit un genou dans le purin et fit une large et maladroite révérence : "Mes hommages madame !". Il me fit rire aux éclats - oubliant à cet instant tous mes problèmes - et le cœur partiellement soulagé je le serrais dans mes bras. Secrètement je rêvais déjà de lui en dire plus.

Chapitre VIII

Le lendemain, une nouvelle rencontre m'attendait. À mes yeux, elle fut tout aussi extraordinaire que mon aventure chez les Apaches bien que moins mouvementée.

Le soleil dardait déjà l'écurie de ses rayons implacables. Le patron voulait que je me repose, mais j'avais besoin de m'occuper l'esprit. Bastian et moi avions amené les chevaux nécessaires à la journée pendant la fraîcheur de la matinée et nettoyé de fond en comble les box et stalles d'OK Corral. L'activité à l'écurie, bien que rythmée par des tâches routinières et usantes : nettoyage, nourriture et pansage, n'avait pas la frénésie du monde moderne. Il y avait un temps pour tout, mais il y avait aussi du temps pour rien. Ce temps libre nous le partagions Bastian et moi tout en nous assurant qu'il restait toujours quelqu'un de disponible à OK Corral et si nous devions quitter tous les deux les lieux nous en demandions la permission à monsieur Montgomery. En tant que patron, il était plutôt cool donc nous pouvions facilement vaquer à d'autres occupations. Ce matin là après avoir dégourdi Arizona par de longs galops autour de la petite ville, j'étais partie à pieds pour acheter des vêtements masculins supplémentaires. J'avais beau me laver, l'odeur des chevaux et de l'écurie incrustait mes vêtements.

Dans les rues de Tombstone on trouvait principalement des casino et des saloon qui proposaient des chambres pour la nuit. Le reste de la ville fleurissait au gré de l'expansion économique et des besoins des nouveaux arrivants. En parcourant les boutiques, j'avais croisé une splendide devanture. La vitrine était encadrée de petits rideaux de velours et à l'intérieur une robe bouffante parcourue de fine dentelle reposait sur un mannequin de couture. La boutique ne proposait pas de vêtements pour homme, uniquement des robes et chapeaux pour la gente féminine. J'imaginais déjà mon père râler : "il y a toujours des quantités de vêtements ou chaussures différents pour les femmes, mais nous, les hommes, nous avons tout juste le choix entre différents coloris : noir, marron, beige, moins beige, blanc, moins blanc…". Mon père exagérait toujours, mais je commençais à partager son point de vue. Si je trouvais bien quelques boutiques de robes, j'ai dû me résoudre à entrer dans un magasin proposant tout le nécessaire pour l'exploitation minière et la gestion du bétail pour trouver un pantalon et une chemise. Le gérant m'a simplement regardé et proposé une taille type ainsi qu'un ou deux modèles. Mon regard devait en dire long, car il m'a assuré que cela provenait du dernier arrivage. Je comprenais mieux que l'on puisse se plaindre du temps qu'une femme met à se préparer : si les dressing masculins étaient à l'image du choix que j'avais ici, alors il est certain qu'il ne fallait pas plus de cinq minutes à un homme pour choisir et mettre une tenue.

Je remontais Allen street mes achats sous le bras auxquels j'avais ajouté de belles bottes de cowboy, lorsque des éclats de voix me firent me retourner. En plein milieu de la rue, Doc Holliday aboyait sur Ike Clanton. Son opposant n'était pas en reste et il était difficile de comprendre les arguments de chacun tant la voix de Ike était noyée par l'alcool. Après quelques échanges j'en conclus que le différend tournait autour d'une récompense de la société de transport Wells, Fargo & co. La diligence avait été attaquée par des bandits et Ike essayait d'obtenir la récompense. Doc l'accusait de mentir pour s'octroyer la coquette somme et de faire partie des voleurs. La dispute monta d'un ton, les deux adversaires se saisirent par le veston et commencèrent à échanger des coups de poing. Je redoutais que l'un d'eux ne sorte un revolver et que les balles se mettent à fuser. Peu rassurée, je pris exemple sur un jeune couple devant moi et m'abritais derrière une colonne du porche. Doc mordit la poussière sur une puissante droite, mais il sauta immédiatement dans les genoux d'Ike pour le plaquer au sol. La scène était confuse tant elle soulevait la poussière alors que les deux hommes roulaient sans arriver à une conclusion satisfaisante. Un coup de pied les sépara et rapidement ils furent à nouveau debout. Je vis Doc mettre la main sur un long fourreau le long de la cuisse, un manche de couteau en dépassait. Mon sang se glaça sans que je puisse détacher mes yeux du mortel combat qui allait s'engager.

 Au moment où la larme allait quitter le fourreau, un troisième homme s'interposa pour les repousser hors de portée l'un de l'autre. Mince, les cheveux bien coiffés et la moustache taillée, il portait un petit nœud papillon sur un col de chemise ouverte, mais c'est surtout l'étoile de Marshall accrochée à sa veste qui lui permit de séparer Doc et Ike.

 — Arrêtez-ça tout de suite !

 — Marshall Morgan Earp, s'il me traite encore de menteur, il saura où me trouver, dit Ike en envoyant un cracha aux pieds de son accusateur.

 — Cela suffit tout les deux ! Rentrer chez vous et dessaoulez !

Sans arme à portée de main, Ike céda et retourna dans le Saloon le plus proche, mais avant de quitter la scène il les prévint :

— Faites gaffe à vos arrières. Il faudra un jour mettre un terme à tout cela.

La scène n'avait duré que quelques secondes, mais elle aurait pu se solder par la mort d'un homme, voire deux, en l'espace d'un claquement de doigt. Mes jambes en tremblaient sans que je puisse en reprendre le contrôle. Les conflits et les duels dont nous font rêver les westerns télévisés ou les romans me paraissaient soudainement bien trop réalistes à mon goût et Doc n'était pas le héro invincible et sûr de lui que décrivaient ces histoires. Avait-il réellement une chance lorsque la fusillade d'OK Corral aurait lieu ? Ou l'histoire avait-elle été modifiée comme me l'avait dit le shaman apache ? Je sursautais alors qu'une main se posa sur mon épaule, faisant tomber tous mes achats.

Un inconnu me regardait :

— Ça va petit ? Allez, ce n'était qu'un petit accrochage, tu devrais rentrer chez toi.

Je n'en demandais pas plus, rentrer chez moi au ranch de grand-père et grand-mère, mais pour l'instant je le remerciai, ramassai mes affaires et repris la route d'OK Corral.

***

Lorsque je suis rentrée de mes emplettes, l'écurie comptait un cheval supplémentaire. De petite taille comparé aux chevaux français utilisés dans les disciplines d'obstacle, il devait mesurer environ un mètre cinquante cinq; de corps compact, doté d'une arrière-main très musclée, et monté sur des membres fins et agiles, tout respirait chez lui la vitesse et la puissance. Je lui aurais donné un poids de cinq cent kilos. Le blanc de ses crins n'avait d'égal que sa robe palomino resplendissante comme une pièce d'or neuve. Sans autre indication à ma disposition, je supposais qu'il s'agissait d'un quarter horse, le cheval par excellence des pionniers du Far West, bien que j'avais surtout rencontré des quarters d'une couleur marron classique. Ces splendides chevaux étaient les descendants du croisement entre des chevaux importés par les espagnols en Amérique et des pur-sangs. Avec leurs muscles postérieurs très développés et des pieds fins, les quarter horses étaient extrêmement rapides. Ils furent employés pour des courses de courte distance, d'un quarter (un quart) de miles, dont étaient friands les colons, d'où leur nom : Quarter horse, le cheval fait pour un quart de miles.

Le sujet me passionnait parce que Arizona était une Paint Horse, une race parente du Quarter Horse, les Paint Horse étant à l'origine des Quarters dont la robe est pie (multicolore). Mais cette distinction n'existerait qu'à partir de 1962, à cette époque ils étaient juste des chevaux américains.

A côté du cheval, Montgomery discutait avec un homme d'une trentaine d'années qui se tenait bien droit dans son pantalon de costume noir et son veston de la même couleur. Une chaînette reliait le veston à un objet dans une poche, certainement une montre à gousset. Par dessus son veston, et malgré la chaleur ambiante, il portait une veste mi-longue arrivant jusqu'au genou qui aurait tout à fait pu cacher le canon d'un petit fusil ce qui ne me rassurait guère. Je fus surprise par le port ostensible du holster d'un revolver. D'après ce que j'avais compris les marshall de Tombstone avaient édicté une loi imposant aux habitants de déposer leurs armes aux saloons ou aux écuries, mais cet inconnu faisait fi des lois. Cela n'annonçait rien de bon. Même s'il ne s'attichait pas d'un bandana rouge autour du cou, était-il un de ces "cowboys" ?

Montgomery semblait bien soucieux lorsqu'il lui parlait, mais son corps n'exprimait pas la position défensive qu'il avait en présence des Clanton. Non, les deux hommes se concentraient sur le fameux cheval. En m'approchant je vis qu'un des fers se détachait nettement du sabot.

— C'est embêtant si ton maréchal-ferrant n'est pas là aujourd'hui John. Il fallait absolument que je fasse cette course hors de Tombstone… Tu sais, en ce moment le climat est plutôt tendu avec les Cowboys.

— Ouais, il ne revient pas avant deux-trois jours. Il te faut absolument partir aujourd'hui Wyatt ?

L'homme soupira en acquiesçant.

— La tension monte. Doc n'est plus que l'ombre de lui-même ces derniers temps, alors j'essaie de trouver des appuis à l'extérieur de Tombstone. Mais je redoute que Ike ou Ringo en profitent pour ouvrir de vraies hostilités.

— Ils n'oseront pas !

— N'en sois pas si sûr… L'année dernière il y avait eu cette fausse accusation d'attaque de diligence concernant Doc. Un coup monté. Le shérif Behan et le patron de l'Oriental avaient utilisé Kate Big Nose pour faire accuser Doc. Je ne l'ai jamais dit, mais je n'aurais pas été surpris d'y découvrir l'influence des Cowboys… Mais là le conflit s'envenime avec Ike Clanton, il suffirait d'une étincelle…

— Et Doc n'est pas du genre à calmer ce style d'affaire.

— Non, pas vraiment. Malgré les mesures anti-armes je sais que les Clanton en conservent sur eux, et je n'ai aucun mal à imaginer que Doc aussi. Mais depuis qu'il a perdu son revolver fétiche je le sens moins sûr de lui pour faire face à un duel.

— Ok, tu sais que tu peux trouver un maréchal chez l'un de mes quatre autres confrères et néanmoins concurrents de Tombstone, n'est-ce pas ?

— Ouep. Mais j'aurais préféré être sûr de mon coup… Lui dit-il en lui tapant amicalement du plat de la main sur l'épaule. Il ne s'agirait pas qu'un ami des Clanton me mette un clou de rue ou se débrouille pour mal fixer ce fer.

— Tu dis ça pour moi ? Tu sais bien que tout le monde bosse avec les Cowboys, pas forcément par plaisir.

Wyatt rigola avec de terminer par un léger soupir :

— Je sais John, tout Tombstone se fourvoie avec les Cowboys. Même un Marshall n'est pas à l'abri de ces bons à rien. Mais je te fais confiance, notre amitié est plus forte que cela…

— Euh, excusez-moi, dis-je timidement. Vous êtes le grand Wyatt Earp ? A peine avais-je sorti ces derniers mots de ma bouche que je regrettais de passer pour la groupie écervelée d'un quelconque groupe de J-Pop.

— Le grand… ? S'esclaffa-t-il sans terminer sa phrase. Certes je suis moins en chair que mon frère Virgil, mais je pense être d'une taille tout à fait banale. Et je te le dis petit mon étoile de Marshall ne m'a pas fait gagner un centimètre.

J'avais beau être des plus maladroites dans mon approche d'une telle légende, son ton bienveillant et amical à mon encontre m'incita à poursuivre.

— J'ai entendu votre conversation. Excusez-moi pour l'indiscrétion… Mais je peux peut-être vous aider et referrer temporairement votre cheval.

Wyatt se tourna vers Montgomery :

— Tiens, tiens, qui est ce jeune homme ? Je ne connaissais que Bastian.

— Ah, lui c'est Louis. Tu te souviens de l'enlèvement par les Apaches que je t'avais signalé ? Et bien c'est notre Louis revenu sein et sauf de chez les Indiens. Mais je ne savais pas que le petit avait des compétences en maréchalerie, la vie est pleine de surprises !

Wyatt, LE Wyatt Earp, Marshall de Tombstone, futur héro d'OK Corral et pourfendeur des Cowboys posa sa main sur mon épaule. Non, mais imaginez-vous, c'était comme rencontrer Mickaël Jackson avant qu'il ne disparaisse !

— Écoute petit, si John te fait confiance pour s'occuper de ses chevaux, je te fais confiance pour le mien. Il s'appelle Gold River. Prends-en bien soin, je te serais infiniment reconnaissant.

Portrait de Wyatt Earp

C'est ainsi que je rencontrais le célèbre Wyatt Earp à OK Corral et me retrouvais en charge de sa monture. Bastian non loin me lançait des regards interrogateurs. J'étais aux anges en train de vérifier les quatre fers de Gold River alors que lui devait me prendre pour une folle.

Seul le fer de l'antérieur gauche était instable. Malheureusement il était impossible de le laisser marcher en l'état. Une possibilité aurait été de le déferrer entièrement, mais un cheval qui n'a pas l'habitude de marcher sabots nus aurait été trop sensible de la sole du pied. Pour éviter qu'il ne boite, il fallait un temps d'adaptation que le Marshall n'avait pas. La corne avait bien poussé sur ce pied, mais des éclats commençaient à apparaître. Après avoir retiré le fer, je me plaçais confortablement pour travailler le sabot : près du flanc de Gold River, recourbée et genoux semi fléchis, la tête dans la direction de sa croupe. Son antérieur était replié et passé entre mes deux jambes pour que je puisse correctement le stabiliser sans le soutenir en permanence de mes mains. Le cheval était sage, immobile, il ne faisait pas de doute qu'il avait l'habitude de voir le maréchal. Je me suis donc armée d'une longue râpe pour rééquilibrer légèrement le sabot concerné - il ne s'agissait pas de créer une différence de hauteur avec les trois autres pieds - puis je biseautais l'extrémité de la corne pour éviter qu'elle ne se fende. Replaçant le fer sur le sabot, il était temps d'aborder l'étape délicate du brochage : les clous serrés entre les lèvres, ma main gauche maintenait le fer et un clou alors que de la droite je maniais le marteau. La procédure consistait à faire entrer les clous dans la corne, qui est constituée en réalité d'ongle et est insensible, sans le planter dans les chairs derrière la corne. Les clous passaient dans les étampures du fer puis je les enfonçais avec un angle adéquat (surtout pas un angle droit !) pour qu'ils ressortent de la corne et fixent ainsi le fer au sabot.

Cela me prit bien plus longtemps qu'un vrai maréchal, dont c'est la profession; mon expérience se limitait à refixer des fers lors de balade ou de randonnée où un cheval boitait suite aux mouvements du fer. Mais j'étais plutôt contente du résultat, et ce, malgré la pression silencieuse de Wyatt et Montgomery qui jetaient un œil averti par dessus mon épaule. L'étape suivante était le rivetage. Je dépliais l'antérieur de Gold River et le faisait poser sur un promontoire devant lui. J'employais un arrache clou pour recourber chaque clou qui dépassait du sabot puis je coupais l'excédent pour qu'il ne reste que quelques millimètres de métal. Finalement je rivetais chaque clou en recourbant le petit bout dans un trou dédié. Avec chance, les clous trouvèrent leur chemin dans une corne seine en dehors des trous déjà existants. Il ne restait plus qu'à tester le résultat. Tout d'abord manuellement je m'assurais que plus rien de bouge puis je proposais à Bastian de faire marcher et trotter le cheval ce qui me permit d'observer ses mouvements.

Son allure était bonne, pas de boiterie ou d'arythmie dans le déplacement. Wyatt, lui aussi, paraissait satisfait.

— J'ai retaillé un peu et refixé le fer, mais si vous pouviez rapidement le faire referrer, je pense que ce serait mieux pour lui.

— Merci Louis, grâce à toi je vais pouvoir partir dès aujourd'hui et je connais un bon maréchal là où je vais. Encore une fois, merci, je te dois une fière chandelle.

Devant tant de remerciements, je tentais une approche pour faire avancer ma propre enquête. Il n'était pas tombée dans l'oreille d'une sourde que les deux hommes avaient évoqué Kate Big Nose, l'ex-amie de Doc Holliday, celle-là même qui avait subtilisé son revolver.

— Monsieur Earp.

— Appelle-moi Wyatt.

— Euh… Monsieur Wyatt. Il sourit. Vous avez parlé de Kate Big Nose, je suis curieux… Que lui est-il arrivé après ses fausses déclarations ?

— Eh bien, pas grand chose en fait. L'amour fait parfois faire des choses impensables. Elle et Doc ont toujours eu des relations compliquées alors on lui a pardonné, elle reçut une somme d'argent pour aller s'installer hors de la ville et laisser Doc tranquille.

— Ah d'accord…

— Mais les femmes sont têtues hein John, dit-il avec un clin d'œil à monsieur Montgomery. Je sais qu'elle est de retour en ville depuis quelques temps, je l'ai croisée au Grand Hôtel, mais tant qu'elle se tient à l'écart de Doc je la laisse tranquille. Tu es encore jeune petit, mon conseil : fais toujours attention à la jalousie, des petits riens peuvent conduire à de nombreux problèmes.

Je ne sais pas s'il parlait de Doc et Kate ou de sa propre relation avec sa femme Mattie Blaylock. Mattie souffrait de nombreux maux de tête et devint dépendante au laudanum aussi appelé vin d'opium. À Tombstone, Wyatt avait rencontré une jeune comédienne de théâtre, Joséphine Sarah Marcus, lors d'une représentation. Mais il n'était pas le seul à être tombé sous le charme de Joséphine, le shérif Johnny Behan, qui luttait avec Wyatt pour le poste de Marshall, avait aussi des vues sur cette jeune femme créant un climat de défiance entre les deux hommes, d'autant plus que Behan partageait des intérêts communs avec Ike Clanton et sa bande. L'Histoire retiendra que Mattie demanda le divorce lors de l'été de 1882 et que Wyatt épousa Joséphine en 1892. Cette dernière écrit un livre sur ses souvenirs de Wyatt Earp, "Married Wyatt Earp" dont un exemplaire reposait en bonne place dans la bibliothèque de grand-père.

Une fois que Wyatt Earp fut parti avec Gold River, je me pressais de rejoindre Bastian pour lui parler de Mary Katherine Horony-Cumings, alias Kate Big Nose. Je lui avouais son premier mensonge à propos de l'attaque de la diligence puis le vol du revolver, mais il ne comprenait pas pourquoi j'étais impliquée dans cette histoire et pourquoi je devais absolument résoudre ce problème. Peut-être étais-je un peu trop enflammée - surtout après ma rencontre avec Wyatt - lui répétant à de nombreuses reprises qu'il fallait corriger les défauts du présent, car il me répondit : "Mais comment pourrais-tu connaître ce qui va arriver ? Est-ce les Apaches qui te l'ont dit ?". Au début je ne répondais pas, mais finalement je lui balançais une part de la vérité: "le 26 octobre, une fusillade aura lieu entre les frères Earp et Doc d'un côté et plusieurs Cowboys de l'autre; Les marshalls en sortiront vainqueurs et cela marquera l'Histoire de Tombstone et des États-Unis pour plusieurs siècles !". Il haussa les épaules, ne voyant pas d'où je tirais une telle information et en quoi la mort de quelques hors-la-loi pouvait poser problème.

— Le problème c'est que tout cela risque de ne pas arriver parce que Doc a perdu son arme fétiche.

— Écoute, je ne sais pas pourquoi tu t'entêtes à vouloir arranger ces affaires, mais si c'est si important pour toi, je t'aiderais. Et je suis toujours partant pour un peu d'aventure !

Chapitre IX

La première fois que j'ai croisé Mary Katherine, je n'aurais pas pu me tromper. Son sobriquet ne mentait point, son nez était assez proéminent au milieu du visage; pas à la façon d'une sorcière, long et crochu, mais large et imposant, de telle façon qu'on ne pouvait l'éviter. Sa voix était étrangère, un accent qui me rappelait l'Europe et des amis venant des pays de l'Est. De son allure se dégageait un charme qui ne laissait pas les hommes indifférents, si bien que rien chez Kate Big Nose ne laissait indifférent. En la voyant je me demandais comment elle avait pu trahir celui qu'elle aimait et s'acoquiner avec les Cowboys.

Elle descendait l'escalier du grand hôtel pour sortir alors que Bastian et moi étions isolés à une table pour observer ses allers et venues. J'étais à nouveau habillée en fille, ou plutôt en femme, avec ma belle robe à tournure. Je n'arrivais pas à la hauteur de Kate, mais cela faisait du bien de quitter mon attirail d'écurie.

Nous avions convenu que chacun de nous la filerait à tour de rôle pour savoir où elle pouvait bien cacher le fameux revolver. Notre entreprise hasardeuse fut infructueuse. Néanmoins en la filant nous purent constater que la liaison entre Mary Katherine et Doc Holliday persistait toujours. Était - elle d'une telle perfidie qu'elle restait auprès de lui tout en l'ayant privé de son moyen de protection ? Autant je ne comprenais pas les hommes, mais parfois les femmes étaient d'une complexité qui me dépassait.

  Nous déguiser en jeune couple nous permit tout de même de noter ses heures de retour à l'hôtel. Seule une fouille de sa chambre me semblaient pouvoir faire avancer mon enquête. Nous prîmes une chambre pour la nuit à mon nom. Ainsi nous pouvions monter à l'étage sans éveiller de soupçon puis, lorsque Kate rentra de ses sorties quotidiennes, Bastian était là pour la suivre et connaître le numéro de sa chambre.

  Je ne suis pas une experte du crochetage de serrure, j'ai eu beau essayé plusieurs fois dans ma vie, je ne me transformerais pas en experte de l'épingle à cheveux. Adieu les ouvertures magiques comme dans les films et impossible de forcer la porte de sa chambre. Par contre, j'avais des restes de garçons manqués et il ne m'avait pas échappé que la chambre de Kate faisait partie des pièces donnant sur la rue et qui possédait une large fenêtre s'ouvrant sur la terrasse au-dessus du porche de l'hôtel. Dans une rue adjacente, Bastian guida Arizona sur laquelle je me juchais, debout en équilibre sur la selle. Il se rapprocha du mur de l'hôtel pour que je puisse me cramponner à la gouttière. Je montai rapidement de deux bons mètres sans que personne ne me repère. Je poursuivais l'ascension, mais mes souliers glissèrent sur le bois usé du mur. Je m'accrochai de toute mes forces à la la prise sous mes doigts, pendues par les bras. Je battais des pieds sans trouver d'appuis. Bastian affolé écarta Arizona pour se mettre en dessous de moi et amortir ma chute. Je serrais les dents, m'agrippais à la gouttière qui glissait contre ma peau ; je sentais déjà l'extrémité de mes doigts chauffer et j'étais sur le point de lâcher quand je trouvai par chance une aspérité pour caler mes pieds. Plus prudente, je me collais à la paroi comme on me l'avait appris les quelques fois où papa m'avait poussé à faire de l'escalade. Finalement en tirant sur mes bras et poussant sur mes jambes je réussissais à gravir la distance restante et je pus basculer sur le toit du porche. Depuis mon perchoir, je fis signe à Bastian que tout allait bien tout en lui ajoutant d'arrêter de regarder sous ma robe. Il ronchonna à ma blague.

Ok, le plan était de rejoindre la chambre de Kate pendant que Bastian montait la garde. Si elle rentrait plutôt que prévu, il devait l'occuper par tous les moyens possibles et imaginables. Je rasais le sol pour ne pas me faire voir depuis la rue, salissant ma robe dans l'amas de poussière et de sable qu'abritaient les toits. Je me demandais pourquoi j'avais eu la formidable idée de garder cette robe pour faire mes acrobaties. Finalement j'arrivais sous la fenêtre de la chambre à Kate et jetai un œil à l'intérieur par sécurité. C'était une chambre très simple avec un lit, une armoire, une vasque d'eau pour la toilette en face du miroir et ce que je devinais être un pot de chambre. Par chance, le loquet de la fenêtre n'était pas verrouillé. Je remontais la vitre verticalement jusqu'à mi-hauteur, n'en ouvrant que le strict nécessaire pour me glisser à l'intérieur.

C'est là que je regrettais de ne pas avoir mon portable. J'aurais pu envoyer un SMS à Bastian pour lui indiquer que j'étais "dans la place" et, lui, aurait pu me signaler toute arrivée par un super code secret que l'on aurait mis au point, du type : "Nez en vue". Bref, maintenant il me fallait fouiller la pièce et trouver le fameux revolver. Je débutais par l'armoire, mais après avoir renversé robes, bas, et lingerie je ne trouvais rien d'intéressant. Je pouvais simplement confirmer que même au Far West, la garde robe d'une dame était bien plus diversifiée que celle d'un homme - j'imaginais Papa dire à maman : "Ah tu vois ? Je te l'avais dit, il n'y a pas de choix vestimentaire pour les hommes !". La pièce était tristement vide, purement fonctionnelle bien que joliment décorée. Mon deuxième essai fut pour le lit, je retournais le matelas, mais ne découvrait qu'un ensemble de lettres manuscrites cachées dessous.

Pas de trace d'une arme, alors je m'asseyais sur le lit pour parcourir le courrier de Kate. Peut-être que des échanges épistolaires avec les Cowboys m'en apprendraient plus sur la cachette du revolver. Si je trouvais bien un mot laconique y faisant référence accompagné d'une somme d'argent, il n'indiquait que : "Pour le revolver". Le reste du courrier était un ensemble de lettres manuscrites jamais envoyées où Kate Big Nose contait à Doc Holliday l'étendue de son amour. Elle y regrettait régulièrement de l'avoir accusé de l'attaque de la diligence, mais justifiait son acte par le chagrin de se faire éconduire et le besoin d'argent pour une femme seule à Tombstone - elle ne voulait pas retourner dans la prostitution. En lisant une première lettre puis une deuxième, j'étais emportée par la passion que vouait Kate à Doc Holliday. Elle y était entière, passionnée dans l'amour autant que dans la jalousie et la vengeance. Il ne devait pas être simple de vivre avec elle et pourtant ces lettres, que je dévorais les unes après les autres, décrivaient un amour sans concession que je pensais n'exister que dans les films.

Un bruit dans le couloir. Des pas, le cliquetis du métal, une clef que l'on essaie de faire entrer dans la serrure. Je me tournai, la fenêtre était trop éloignée et abaissée. Je sautai sous le lit, le cœur battant à tout rompre. Quelle sotte, je m'étais laissée emportée par le temps; mais Bastian ne devait-il pas la retenir ? La porte s'ouvrit en grinçant sur ses gonds, et depuis ma cachette j'entrevis des souliers de cuirs à petits talons marcher sur le plancher. Soudain elle s'arrêta et j'entendis un glapissement de surprise. Ce n'est qu'à ce moment-là que j'ai repensé aux lettres que j'avais laissées éparpillées sur le lit. Kate courut à la porte, mais plutôt que de ressortir, elle la claqua et verrouilla à clef. Me voilà faite comme un rat ! Je mettais la main sur ma bouche pour n'émettre aucun son, apeurée que ma respiration puisse me trahir.

— Sors de là ! Allez, sors de sous le lit, tu as laissé un bout de ta robe dépasser.

Démasquée, je me roulai à l'extérieur tant bien que mal et me remis sur mes pieds. Kate me menaçait avec un petit revolver de poche, le genre à ne tirer qu'un coup, mais un coup mortel.

— Tiens donc… Il me semblait bien t'avoir repérer avec ton copain en bas depuis quelques jours ! Que me veux-tu ?

Autant pour moi, j'aurais dû deviner que la femme qui vivait avec Doc depuis plusieurs années avaient dû prendre quelques habitudes auprès de lui, à moins que la vie de prostituée ne lui ai appris à toujours se méfier des gens. Elle n'était pas la femme fragile et sans ressource que je m'étais imaginée.

— Allez parle ! Ce sont les Cowboys qui t'envoient ?
— Ce sont vos amis, pas les miens.

Kate cilla une demi-seconde et baissa légèrement son canon.

— Que dis-tu ?
— C'est vous qui avez volé l'arme de Doc !
— Comment sais-tu …

Elle abaissa un peu plus sa ligne de mire et j'en profitai pour lui sauter dessus et la percuter de l'épaule. Elle s'étala avec moi contre le mur et perdit son arme qui glissa sous le lit. Sa position m'empêchait d'atteindre la porte rapidement, de plus elle l'avait verrouillée. Il ne me restait qu'une option : la fenêtre et refaire en courant mon trajet initial. Je sautai sur le lit et glissai pour passer de l'autre côté, mes mains atteignirent le bas de la fenêtre et poussèrent la vitre vers le haut.

— Attends ! Cria-t-elle d'une voix forte et puissante. Comment sais-tu ?

Sa voix trahissait une peur profonde dont je pouvais peut-être profiter pour la faire chanter et obtenir le revolver. Je me retournais vers elle en essayant de garder un visage impassible, sûre de moi, ce que les joueurs de carte appelait le poker face. Mais ce que je vis me fit perdre ma feinte assurance. Mary Katherine avait les larmes aux yeux.

— Comment sais-tu ?
— Peu importe comment je le sais... Je dois retrouver cette arme.
— Si seulement je pouvais...
— Où l'avez-vous cachée ?

Elle se mit à sangloter sans me répondre.

— Où est-elle ? Vous ne comprenez pas, monsieur Holliday en a besoin. Il va y avoir un duel dans quelques jours et il ne pourra pas en sortir vivant sans ce revolver. Où l'avez-vous cachée ?

Elle sanglota de plus belle avant de se reprendre légèrement.

— C'est toi qui ne comprend pas demoiselle. Je ne l'ai plus, même si je le voulais - et dieu sait que je le souhaite - je ne pourrais plus la rendre à Doc...
— Quoi ? Mais où est-elle ?
— Je voulais la rendre, crois-moi, dit-elle en serrant les plis de son jupon, mais ils sont venus me la prendre hier. Peut-être se doutaient-ils que je la rendrais à Doc ? Oh oui je voulais lui donner une leçon, et piquer aussi l'argent des Cowboys par la même occasion; je souhaitais que Doc fasse plus attention à moi, qu'il se rende compte qu'il a besoin de moi... Après je lui aurais rendu son arme. Mais je ne l'ai plus. Maintenant je vais devoir tout avouer à Doc et il me chassera à nouveau de sa vie...

Je la croyais, j'avais lu toutes ses lettres, tumultueux mélange de passion et de regrets, et je ressentais sa souffrance. Son besoin de vengeance lui avait asséné un châtiment des plus cruels puisque celui qu'elle aimait allait mourir à cause d'elle. Je m'approchais d'elle et lui pris les mains pour la soutenir. J'étais tout aussi défaite qu'elle, l'Histoire avait changé à cause de détails et je ne savais pas comment réparer tout ça. Mais je pouvais au moins soutenir cette femme.

— Pourquoi ton ami et toi voulez-vous cette arme ? J'ai cru que les Cowboys me renvoyaient quelqu'un pour récupérer l'argent.

— J'essaie juste d'arranger les choses.

— Mais pourquoi ?

— Disons, mon empathie ? De toute façon, vous ne comprendriez pas mes motivations.

— Tout ce que je peux te dire, c'est que Ike et sa bande m'ont volé l'arme et l'ont emportée. J'imagine qu'ils la gardent dans leur ranch. Maintenant il m'est impossible de la récupérer.

— Et si on ne la récupère pas Doc risque de mourir lors de la fusillade…

— Quelle fusillade ? De quoi parles-tu ? Allons parle, dis-moi tout.

J'essayais rapidement de formuler une explication plausible pour cette femme qui s'en voulait grandement pour des actes guidés par la passion.

— J'ai entendu les Cowboys, notamment Ike. Ils sont bien décidés à en découdre.

— Ça ce n'est pas nouveau.

— Doc ne devrait pas se trouver en ville le 26 octobre, je ne peux pas vous en dire plus. Évitez Tombstone autant que possible, éloignez-le de là.

Kate resta songeuse avant de répondre :

— Je comptais l'emmener à un festival à Tucson, peut-être que nous pourrions y rester plus longtemps, le temps que les choses se calment.

— Bingo, lui dis-je en claquant des doigts. Pendant ce temps je vais essayer de récupérer cette arme chez les Cowboys.

Ses yeux étincelèrent et ses mains se resserrèrent sur les miennes.

— Tu ferais ça ? Oh je m'en veux tellement; *elle réfléchissait à voix haute :* si tu trouves le revolver de Doc, les Cowboys vont te chercher partout. Il te faudra une cachette. Elle fouilla dans sa bourse. Tiens voici un double de la clef de ma chambre. Si tu parviens à récupérer cette arme et réparer ma faute, je t'en serais éternellement reconnaissante, tu pourras te cacher ici; je te retrouverais lorsque nous reviendrons de Tucson.

Quand je descendis l'escalier du Grand Hôtel aux côtés de Kate Big Nose, Bastian n'en crut pas ses yeux. Il attendit que je sois seule dans la rue marchant en direction d'OK Corral pour me rejoindre. Il me regarda un air penaud gravé sur son visage.

— Je suis désolé ! J'ai essayé de la retarder le plus possible, mais des gars ont pensé que je l'importunais et m'ont jeté dehors. Alors, tu as réussi ? Tu as l'arme ?

— Non j'ai la clef de sa chambre. Et il faut que je me change avant de rentrer aux écuries.

— Une clef ?

— Longue histoire. L'arme se trouve au ranch des Cowboys, il va falloir qu'on leur reprenne là-bas.

Bastian resta sur place dans la rue, les yeux ronds, n'en croyant pas ses oreilles.

Chapitre X

Ces derniers jours j'avais mis les bouchées doubles pour éduquer Double Star. La première phase fut de terminer son acceptation du licol, moins craintif il ne mit pas longtemps à se laisser attraper au licol. Les allées et venues entre le box et le round-pen en furent facilitées et je m'attaquais à deux pans de l'éducation qui me tenaient à cœur : la désensibilisation et le travail à pieds. La désensibilisation consiste à mettre le cheval en présence d'un stimuli qu'il craint et de l'habituer à accepter ce stimuli en dosant correctement le temps d'exposition et en associant son comportement à des récompenses orales et tactiles. C'est toujours une phase assez longue, car les chevaux sont souvent apeurés par la chose la plus insignifiante que vous pouvez imaginer. Avec Double Star, sa bête noire était un lasso que Bastian avait le malheur de ne pas reposer tous les jours à la même place. Je passais et repassais donc le lasso dans son champ de vision en lui demandant de rester immobile d'un "whoa" (prononcé "wohh"), puis je rapprochais l'objet avec la même méthode lorsque j'obtenais le résultat attendu.

Double Sar était un bon élève, curieux et volontaire, je pus rapidement lui faire accepter toute sorte d'objets et finalement le faire marcher sans se presser sur de vieux sacs de tissu de différentes couleurs et formes. J'incluais même

Bastian dans mes exercices, lui demandant d'apparaître soudainement au détour d'un poteau ou d'un abreuvoir. Mes méthodes étonnaient monsieur Montgomery et Bastian, plus habitués à des manières plus expéditives : le cheval devait obéir et se plier à la volonté de l'homme. Peut-être qu'au final nous arrivions à un résultat similaire, mais je préférais travailler avec la confiance du cheval, et arriver à obtenir de lui des changements auxquels il prenait une part active sans exercer une lourde contrainte. Les gens pensent parfois que l'on passe d'une version totalement autoritaire du dressage à une éducation en douceur où le cheval chercherait à tout prix à nous faire plaisir. Je crois ces visions, l'une comme l'autre, faussées par notre relation au cheval. Grand-père m'a toujours répété de ne pas humaniser le cheval, c'est-à-dire ne pas me perdre dans l'anthropomorphisme. On voyait cela arriver tout le temps à mon époque: qui ne choyait pas son chien comme un véritable enfant, lui parlant et le cajolant ? Et le cheval qui n'avait plus d'utilité dans les champs ou à la guerre devenait lui-même un animal de compagnie de plus en plus proche du chien. Le défaut dans cette approche de la classe équine était finalement de ne pas respecter la nature même du cheval. Il n'était ni un chien, ni un humain, il avait ses besoins propres et sa façon de percevoir l'environnement et d'y réagir. Pas question de le plier à ma volonté par la force - quel poids pouvais-je opposer à un animal de cinq cents kilos ? Mais il fallait aussi savoir le remettre à sa place lorsque c'était nécessaire.

  Maintenant qu'il était suffisamment désensibilisé et habitué à toute sorte de contact sans réagir de manière violente - principalement pour fuir en réalité, je m'assurais de pouvoir passer ma main sur l'ensemble de son corps. Puis nous sommes passés au travail des pieds. La préparation d'un cheval pour le monter passe obligatoirement par le curetage des sabots : retirer tout objet ou impureté qui se serait inséré sous le sabot. Il est nécessaire de gratter les surfaces et dégager les lacunes pour éliminer tout intrus, sous peine d'avoir un cheval boiteux ou qui pourrait se blesser. Pour y parvenir on demande au cheval de faire l'effort de relever le pied pendant qu'on le nettoie. Ne vous imaginez pas que c'est quelque chose d'inné pour eux : bien au contraire, il faut accepter de donner à un inconnu un membre nécessaire à toute fuite. Pour parvenir à lui inculquer le geste adéquat, je pinçais la châtaigne du membre - un reste d'ongle lié à l'évolution des chevaux puis j'attendais, quitte à augmenter la pression si rien ne se passait. Ce contact est désagréable pour le cheval qui cherche un moyen de supprimer la gêne. Lorsque Double Star repliait la jambe pour se libérer de la pression, je relâchais tout; au contraire s'il se trompait je maintenais le contact pour le laisser chercher une solution. Tout succès était couronné de félicitations et la répétition aidant, Double Star comprit assez vite quoi faire pour répondre à ma demande. L'exercice fut répété sur plusieurs jours à chaque pied, avec des hauts et des bas, mais finalement il réussit à donner très correctement les quatre pieds.

Pour renforcer le respect et lui apprendre les manœuvres que l'on attendrait de lui, je passais par le travail à pieds. Je crois que mes deux amis n'en revenaient pas de me voir le déplacer en longe, en avant, en arrière et à toute sorte d'allure sans essayer pour l'instant de le monter. Mon premier exercice consistait simplement à me mettre à gauche de son chanfrein, de l'inciter à avancer au pas et droit, puis de réaliser un arrêt lorsque j'arrêtais de me déplacer. Cela peut paraître bien simple, mais que d'efforts pour obtenir un déplacement à la moindre impulsion et un arrêt net. J'ajoutais ensuite le reculer, puis travaillais les mêmes exercices au trot voire au galop. Double Star apprenant sans problème nos exercices, je demandais aussi à Bastian de le faire bouger : hors de question que le mustang ne réagisse qu'à mes demandes. Dans un premier temps il me regarda bêtement, ne sachant qui suivre puis lorsque Bastian haussa le ton, il comprit que le leader du couple avait changé. Très bien, je pouvais passer à l'étape suivante.

Nous nous rapprochions inexorablement du climax du débourrage : ce premier instant où l'on monte le cheval. Je l'avais déjà fait plusieurs fois avec de jeunes chevaux de sport et cela restait un moment unique. Ce serait la première sensation d'équitation montée qu'aurait le cheval. Après cet instant singulier, toute montée ne serait qu'une répétition, une habitude, mais la première marquait les esprits.

Pour le cheval la première montée pouvait être traumatisante, une mauvaise première fois et il faudrait alors le travailler encore plus doucement et avec tact pour lui faire oublier ce souvenir. Les chevaux sont des êtres sensibles qui, malheureusement, retiennent plus facilement les mauvaises expériences que les bonnes. Ce moment fragile devait donc être une suite à la fois logique et progressive du travail antérieur.

Mais j'avais tout fait foiré. Je savais que Montgomery était pressé de vendre ce cheval aux Cowboys, il leur avait déjà promis de longue date et retarder l'échéance ne serait certainement pas bon, ni pour ses affaires, ni pour lui. J'étais moi-même aussi pressée de finir le débourrage de Double Star, car ce serait certainement l'occasion d'aller au ranch des Cowboys et pouvoir mener ma délicate mission à bien : retrouver le revolver de Doc Holliday. Bref, cela ne faisait pas moins de deux mauvaises raisons pour que j'essaie de monter le mustang ce jour-là. Je l'ai d'abord habitué au bosal, un filet sans mors que l'on emploie avec les jeunes chevaux et qui permet d'utiliser les rênes sans la dureté du mors. L'opération n'ayant été qu'une formalité - j'étais assez fière de mon petit mustang - j'ai poursuivi avec la selle. D'abord ce fut l'épreuve du tapis : je tenais Double Star par les rênes de la main gauche et portais un tapis de selle de la main droite. À un rythme régulier je levais le tapis comme pour lui envoyer sur le dos puis je rebaissais le tapis sans lui mettre sur le corps. Bien sûr Double Star bougeait, voulant s'écarter de l'affreux monstre qui s'agitait à côté de lui; saisi court au niveau du bosal, il ne pouvait que chasser ses hanches et toujours se retrouver face à moi. Chutt… mon tout beau… Whoaaa... J'essayais de le calmer de la voix, alternant encouragement et demande d'immobilité; et lorsqu'il tournait, je le suivais calmement comme si tout cela était déjà de la routine. Whoaa… Voilà… Tranquille mon beau. Parfois je déposais le tapis sur son dos puis le retirais après quelques secondes. Il s'habitua à la sensation, au mouvement, au contact, lui qui pouvait sentir le plus léger poser d'une mouche sur son dos et frémir pour l'en déloger. Satisfaite, je recommençais notre danse en me plaçant de l'autre côté de l'encolure, les chevaux ayant une vue très dissociée, tout est à faire en double depuis le début avec la même patience.

Quand l'immobilité fut acquise, j'augmentais la difficulté : cette fois je remontais le tapis le long de l'encolure, puis le glissais sur la tête et lui cachais la vue. Toute sorte de contact et d'emplacement furent testés, car il ne devrait plus du tout réagir au tapis dans sa nouvelle vie de cheval domestique. J'avais déjà rencontré des chevaux mal éduqués qui bougeaient pour un rien. Ils sont dangereux, car tournent soudainement et sont imprévisibles. Dans un box ils peuvent vous écraser contre une paroi, dehors ils peuvent vous envoyer voler à plusieurs mètres; mais ce n'était pas leur faute : juste un manque d'éducation. Pour Double Star, tout se passa pour le mieux, j'étais vraiment impressionnée par sa capacité à absorber les nouvelles informations, et c'est là que j'ai fait mon erreur : j'aurais dû arrêter. C'est grand-mère qui me rappelait toujours qu'un cheval ne peut rester longtemps concentré et pour progresser il valait mieux demander peu, se satisfaire d'encore moins et beaucoup récompenser ! Peut-être que je m'inquiétais du temps qui passait trop vite à OK Corral, octobre était déjà là, Kate comme promis avait emmené Doc à Tucson pour une sorte de festival, mais la date fatidique de la fusillade approchait et je n'avais pas avancé d'un pas dans ma mission.

J'ai donc sorti une selle, une belle selle western en cuir avec étriers retournés et un pommeau pour le travail de ranch. Elle était affreusement lourde comparée aux selles d'équitation classique, mais j'avais l'habitude de manier ce type d'équipement. J'ai donc laissé le tapis de selle sur Double Star et recommencé le même manège avec la selle à bout de bras. Mais une selle à bout de bras n'a pas le poids d'un tapis. À chaque balancement elle me meurtrissait l'épaule, manquant de m'arracher le bras. Double Star quant à lui sur le qui-vive tournait la tête, ce nouvel objet ne lui disant rien qui vaille. Je sentais bien que le mustang était plus énervé, prêt à régir vivement. Mais plutôt que de faire retomber la pression, j'ai continué et insisté, je voulais réussir. Je n'étais plus à l'écoute de ses réactions et le stress est monté. Embarquée dans une sorte de routine et voulant faire cesser la douleur dans mon bras, j'ai tenté une première fois de lui mettre pour de bon la selle sur le dos, mais il fut plus rapide que moi et les hanches avaient déjà tourné. Bêtement je me suis entêtée, et après plusieurs essais nous tournions presque l'un autour de l'autre. Il n'y avait pas que Double Star qui était fatigué nerveusement, ma concentration m'avait abandonné. Épuisée par l'effort, le bras tétanisé par la douleur, j'arrêtais enfin le supplice à bout de souffle. La poussière obstruait mes poumons, et tel un garçon-vacher je crachais un peu de salive sur le sable sec et chaud.

Je réalisai soudain l'erreur que je faisais et me mis à pleurer. Je m'en voulais. Tant de travail avec ce beau mustang pouvait être mis à néant par la bêtise de quelques instants. Je posais tant bien que mal la selle sur une barrière et revins auprès de Double Star pour le caresser et le tranquilliser. Il eut un moment de recul avant de m'accepter, et même si grand-père aurait désapprouvé tant d'anthropomorphisme je lui demandais pardon d'avoir brûlé les étapes. Mes doigts glissèrent doucement dans sa crinière et je crus l'espace d'un instant qu'il s'appuyait contre moi en retour, pour se rassurer ou pour me rassurer ? Je ne saurais dire, mais j'ai mal dormi toute la nuit suivant cet échec. Heureusement je n'avais poussé ma bêtise jusqu'à le monter.

Le lendemain j'observais Arizona et Double Star dans le round-pen, la tête appuyée sur le montant de l'enclos et songeuse sur la journée à venir. Afin de le familiariser avec d'autres chevaux, eux domestiques, je le laissais souvent en compagnie d'Arizona que rien n'effrayait. Peut-être aussi dans l'espoir qu'Arizona ne lui souffle secrètement quoi faire ? On pouvait toujours rêver. Aujourd'hui j'allais réintroduire la selle et nous verrons bien s'il était prêt - hors de question de le brusquer. J'avais laissé traîner la fameuse selle près du round-pen en début de matinée, elle faisait maintenant partie des meubles pour eux et ils ne s'en souciaient pas. Quelques temps plus tard je l'ai déposée en plein milieu du round-pen. Arizona l'a complètement ignorée dès le départ. Double Star s'en est approché pour la sentir avant d'adopter le même comportement. Il était maintenant temps de refaire un essai. J'ai respiré un grand coup pour laisser toute appréhension derrière moi, puis je suis rentrée dans l'enclos le bosal à la main et ai fait sortir ma jument.

Nous étions à nouveau tous les deux Double Star et moi, il me regardait et étudiait mes mouvements en conservant une respiration légère et régulière. Si le coucher de soleil nous avait accompagné nous aurions pu croire à un duel de cowboys, mais il n'en était rien, juste l'approche sereine et habituelle avant le réel travail. Il se laissa mettre le bosal et le tapis de selle. Je reprenais à bout de bras la selle western tenant de l'autre main les rênes. J'effectuais quelques mouvements d'épaules tout autant pour l'habituer que pour me dégourdir. Il resta immobile, bien que tendu. Sans le surprendre, annonçant le plus possible mes intentions par de grands gestes prévisibles et lents, je levais la selle et la redescendais sans le toucher. Immobilité parfaite. *Bien mon petit… Continuons.* Même chose de l'autre côté pour le même résultat. Pour revenir à sa gauche, je passais la selle sous son museau sans que ça ne l'émeuve. *Étape suivante…* Cette fois je faisais le même geste, mais déposais la selle sur son dos. Surpris, il déplaça deux pieds pour se stabiliser. *Une, deux secondes… Bien Double Star, super !* Hop j'enlevai la selle, attendais puis recommençais plusieurs fois l'exercice. Toujours pas d'intention de fuir quelque soit le côté. Alors cette fois, je la laissais sur son dos et lui flattais l'encolure. Ma main remonta entre les oreilles et s'adonna à une séance de grattouilles qu'il appréciait tant. Double Star baissa la tête pour réclamer encore plus de frottements, les yeux déjà mi-clos et ses lèvres tremblant de plaisir; c'est ce que je commençais à bien le connaître l'énergumène. Au bout de cinq minutes il avait complètement oublié la charge sur son dos, dont les étriers pendaient contre ses flancs et la sangle ouverte touchait le sol.

J'attachais finalement la sangle, juste ce qu'il faut pour que la selle ne tombe pas au moindre mouvement, mais bien en deçà de ce qu'il eut fallu pour maintenir un cavalier. S'il tourna la tête pour voir l'objet bizarre qui lui comprimait le ventre, mais il ne bougea pas les pieds pour autant. Alors je le repris par les rênes et le fis marcher dans le round-pen pour l'habituer, puis nous accélérâmes au trot en terminant par quelques foulées de galop. J'avais réglé les étriers très longs, les laissant battre le long de ses flancs, ainsi il s'accoutumait à ce contact sans essayer de se défendre. "Whoooa !", stop dans notre langage commun. Il attendait docilement la prochaine instruction. Cette fois je ne reproduis pas mon erreur : j'ai desserré la sangle puis retiré la selle et je suis sortie du round-pen. Il avait vraiment bien travaillé et méritait d'être laissé tranquille en guise de récompense.

Il vint à la barrière réclamer quelques caresses sans que j'eus à me faire prier pour lui répondre. J'adorais vraiment ce cheval, quelle désolation de le laisser aux Cowboys. Ce devait être un crève-cœur pour les éleveurs de chevaux de faire naître leurs poulains, les éduquer et les dresser avant de les vendre à des inconnus en espérant qu'ils soient bien traités le reste de leur vie. Je n'étais pas faite pour ça, grand-mère aurait bien voulu que je m'occupe de jeunes chevaux chez elle, mais je ne pouvais pas me résoudre à les laisser partir.

Après sa ration d'avoine, je retournais le voir. Je l'ai ressellé, toujours dans le calme puis ai mis un pied dans l'étrier gauche. Bastian accoudé à une planche m'observait, il savait la séance importante pour Double Star comme pour moi. Je me suis hissée en appui sur ma jambe gauche, le long du flanc du cheval, restant perchée sur un étrier. Il fit un pas de côté, mais s'arrêta à mon premier whoa. Je redescendais. A peine le pied au sol, je me hissais à nouveau et claquais un Whoa sonore pour lui indiquer de rester en place. À la troisième occurrence, je passais ma jambe droite par dessus sa croupe, m'asseyais délicatement sur la selle, enclenchais l'étrier droit et attendais. *Attendre… Encore, attendre…* Et rien ne se passa, Double Star resta immobile les oreilles dressées pour écouter les sons provenant de derrière sa nuque. *C'est bien mon grand ! Super !* le félicitais-je. Je regardais Bastian presque aussi surprise que lui de la facilité de cette première montée.

Mini-respiration. J'avançais les rênes en claquant de la langue pour lui indiquer de marcher. Il ne bougeait plus. Aïe. Il allait falloir doser les demandes pour ne pas provoquer une embardée soudaine. Je re-claquais de la langue et serrais légèrement mes mollets contre ses flancs, comme si je voulais le pousser en avant par cette pression. Il avança un antérieur, chercha son équilibre, pas si rassuré puis fit un deuxième pas, alors que je relâchais la pression. Il marcha calmement, s'habituant à mon poids et à un centre de gravité légèrement différent. Je le sentais légèrement tremblant sous la selle, clairement il voulait accélérer, mais se retenait en ma présence. Je suis certaine qu'à ce moment tout spectateur aurait pu constater le sourire qui me gagnait. Moi aussi je voulais bouger, j'avais confiance en lui et maintenant il fallait se jeter dans le bain. C'était parti pour notre première fois, un moment rien qu'à nous. J'allongeais les rênes, claquais plusieurs fois de la langue et je sentis le rythme caractéristique du trot. Mais il était encore sur la retenue, alors j'émettais le fameux kiss, le bisou sonore annonçant le galop. Vlan ! D'un coup puissant des reins, telle une catapulte, il donna le rythme et nous étions lancés à bonne allure dans le round-pen. Son galop était agréable et régulier et je profitais sur mon visage de la douce brise qui nous accompagnait. Il trouvait son équilibre et prenait en confiance, le pied plus sûr. Je le laissais galoper, sans le diriger, simple passagère du mustang qui acceptait ma présence. Ça y était : tout le travail au sol aboutissait dans cette formidable sensation de former un couple à l'unisson. Je m'accordais au rythme de ses reins, me fondant à ses amplitudes et l'accompagnant dans sa fougue. Une allégresse que je n'avais pas ressentie depuis mon arrivée au Far West m'envahit, de chaque foulée naissait un plaisir viscéral ancré dans les limbes de mon cerveau. Je voyais Bastian les bras en l'air, les poings fermés et pouces dressés vers le ciel pour me féliciter. Je lui criais d'ouvrir le round-pen. Non je n'étais pas folle, j'insistais, Double Star aussi attendait ce moment, alors Bastian obéit et ouvrit l'enclos.

Nous sortîmes de l'écurie et galopâmes comme une flèche dans les rues de Tombstone jusqu'à atteindre les limites de la ville et se fondre dans la nature sauvage. Un sentiment de liberté me gagnait au fur et à mesure que nous avalions les kilomètres. Les cactus défilaient et le sable volait sous les sabots de Double Star. Il ne suivait aucune direction particulière, il filait simplement pour profiter d'une liberté éphémère.

Lorsqu'il eut donné tout son sou, rassasié de sa longue chevauchée et de cette nature enfin retrouvée, nous sommes passés au pas, retardant l'échéance irrévocable : un retour que ni l'un ni l'autre n'étions pressés d'entamer. Notre première fois s'était éteinte avec le chemin du retour, et après cette explosion de bonheur, j'avais le cœur lourd.

Nous rentrâmes à OK Corral où je le séchais puis lui trouvais un emplacement garni de foin. Avant de m'atteler aux autres tâches de l'écurie, je le caressais longuement, cherchant à glaner les dernières traces de ces instants magiques, mais cette première fois s'était évanouie pour laisser place à une tristesse que Double Star ne pouvait comprendre. Il était maintenant prêt, il rejoindrait bientôt les Cowboys.

Chapitre XI

— Eh ! Réveille - toi !
— Mmmm laisse-moi dormir un peu maman… Mmm pas envie d'aller à l'école aujourd'hui, croassais-je.

Un rire se profila avant qu'il n'enfle et n'éclate en un fou rire bruyant. J'ouvris les yeux d'un coup, soudainement bien éveillée. Bastian était plié en deux et rigolait à s'en décrocher la mâchoire.

— Oh c'est bon hein ! T'as jamais eu du mal à te lever de bon matin toi ?

Et encore je me demandais réellement si on pouvait appeler matin, la lueur des premiers rayons de soleil rasant une terre sèche et aride qui allait vous brûler tous les pores de la peau pour le reste de la journée. En tout cas certainement pas un "bon" matin.

— Si si, parfois c'est dur le matin, souffla-t-il une fois calmé. Mais je crois que mes parents ne me réveillaient jamais pour l'école. Pour les travaux de la ferme, oui, mais l'école, je ne pouvais y aller que s'ils n'avaient pas besoin de moi à la ferme. Allez, il faut qu'on prépare les chevaux…

— C'est le grand jour ?
— Nul autre. À toi de jouer.

Je chassais la couverture de sur mon corps, vérifiais l'état de ma tenue - que je n'avais pas quittée de la nuit faute d'avoir trouvé un équivalent de pyjama - et ajoutais mon chapeau bien vissé sur la tête. Le passage d'un torchon humidifié sur mon visage fit office de toilette et Louis, le garçon, était à nouveau prêt. Prêt pour se pointer chez monsieur Montgomery et le convaincre de l'emmener avec Bastian au ranch des Cowboys pour livrer Double Star.

D'une main volontaire, j'assénais deux coups francs sur la porte de la chambre. Il y eut un bruit sourd puis une voix enrouée émergea:

— Entrez !

À l'intérieur, je rencontrais un John Montgomery assis sur le bord de son lit en grenouillère de couleur bordeaux sombre. Je rougis, un peu honteuse de partager une telle intimité. Bon, ce n'était pas le moment de perdre tous ses moyens.

— Ah Louis ! Les chevaux sont-ils déjà prêts ? Il est encore tôt, le ranch des Clanton n'est pas si loin de Tombstone. Ah, mais apparemment tu es venu pour une autre raison, n'est-ce pas ?

— Monsieur Montgomery, vous savez que je vous apprécie énormément. Vous m'avez donné ma chance ici, et je vous en suis très reconnaissant…

— Que se passe-t-il tu veux quitter ton emploi ? C'est dommage, tu fais de l'excellent travail.

— Oh non, ce n'est pas pour ça Monsieur. Voilà je me suis chargé de toute l'éducation de Double Star et de son débourrage…

Mais je n'eus pas le temps de finir ma phrase, monsieur Montgomery avait tendance à vouloir diriger les conversations et il était bien difficile de ne pas se contenter de lui répondre.

— Oui tu as fait du super boulot ! Vraiment, je n'y croyais pas trop au début, mais tu as su aller au bout. Que veux-tu ? C'est pour me parler d'augmentation que tu viens me trouver si tôt ?

— Non, voilà j'aimerais venir avec vous.

— J'ai déjà Bastian, nous n'avons pas besoin de tous y aller.

— Je sais, mais je suis proche de Double Star, il se comportera mieux si je suis avec lui. Je pourrais le présenter aux Clanton pour être sûr qu'ils vous en offrent un bon prix.

Il se massa longuement le menton râpeux comme si ma demande nécessitait une réflexion des plus importantes. Cela me rassurait, s'il prenait du temps pour me répondre c'est qu'il étudiait vraiment la possibilité de m'emmener.

— Ce ne serait pas plutôt parce que tu t'es attaché au Mustang et qu'il t'est dur de le voir partir ? Je comprends ton sentiment, j'ai déjà été à ta place et pour tout te dire je me passerais bien de vendre un tel cheval à ces bons à rien. Mais je n'ai pas le choix, je ne peux plus revenir sur ma parole sans m'exposer à des représailles.

— Même contre de l'argent ? Tentais-je.

— Oui, ça paraît stupide, mais ils utiliseront un refus pour provoquer un conflit que je ne peux pas me permettre. Et pourtant Dieu sait que ça ne me fait pas plaisir de leur vendre Double Star. Écoute, en fait, je voulais t'éviter d'aller là-bas. Je redoute déjà d'y emmener Bastian.

— On se tiendra tranquille, vous n'aurez pas à vous plaindre de nous.

— Ah, mais j'en suis sûr. Pas de soucis avec vous, mais les Clanton restent toujours dangereux. Bastian en garde un mauvais souvenir.

— Que s'est-il passé ?

— Le quotidien des Clanton. Ils ont volé un cheval. Un garçon a voulu récupérer son cheval, et ils s'en sont pris à lui.

— Un garçon ? Bastian ?

— Oui, c'était avant qu'il ne travaille pour moi. Le malheureux était en piteux état quand je l'ai trouvé, le corps couvert de traces de corde avec laquelle ils l'avaient traîné dans le sable attaché à un cheval. Il a eu de la chance de s'en sortir vivant. Ne les sous-estime jamais et ne te mets pas en travers de leur route, tu m'entends ?

Je ne dis plus rien, à défaut de mentir je pouvais me taire.

— Bon si tu es conscient que cela reste dangereux, tu peux te joindre à nous.

— Oh merci, merci beaucoup. Je voulais vous dire que je vous apprécie énormément ! Quoi qu'il arrive, j'espère que vous garderez un bon souvenir de moi.

— Bien sûr Louis, tu es bien bizarre ce matin. Tu es sûr que ça va ?

— Oui, oui, merci, murmurais-je en quittant la pièce.

J'avais besoin de le lui dire dès maintenant, car après il serait peut-être trop tard.

***

Le trajet fut des plus calmes, certainement monotone aux yeux de mes amis qui avaient vécu en Arizona toute leur vie. Pour moi le spectacle était magnifique, ces étendues à perte de vue me fascinaient et l'horizon semblait dessiner une frontière incertaine qui reculait à chaque pas. Le paysage donnait l'impression au voyageur de pouvoir se déplacer en toute direction sans contrainte, une liberté presque dérangeante, et pourtant je savais que ces lieux renfermaient une faune des plus dangereuses. Mais pour quelqu'un comme moi plus habituée aux Alpes françaises et son relief montagneux, il émanait de ces roches, ces cactus et la végétation desséchée une aura de Far West légendaire.

Silencieux, nous marchions en file indienne, Bastian en tête, suivi de monsieur Montgomery et je fermais la marche sur Arizona avec Double Star attaché à ma selle. Nous avions quitté Tombstone par le sud avec une vue dégagée sur un désert de pierraille, de sable et de buissons rachitiques. Notre marche dura environ trois heures, ce que je convertissais automatiquement en une bonne vingtaine de kilomètres à notre rythme. Nous avions profité de la fraîcheur du début de journée pour avancer, mais je redoutais que le retour à Tombstone se fasse sous un soleil de plomb. Heureusement nous longions par moment la San Pedro River qui pourrait être un bon point de ravitaillement pour les chevaux et pour leurs cavaliers.

Lorsque nous arrivâmes à destination, une ferme entourée d'enclos à bétail et à chevaux nous attendait comme posée ostensiblement sur une légère butte au milieu d'une plaine aride avec peu de relief. Tranquillement installés dans leur ferme, les Clanton pouvaient détecter le moindre intrus à plusieurs kilomètres à la ronde. Il leur suffisait pour cela d'abandonner leur regard sur l'horizon. Intérieurement je me félicitais de ne pas être venue tête baissée pour retrouver l'arme de Doc Holliday, ils m'auraient bien vite interceptée et je me serais retrouvée dans de beaux draps.

Un coup de feu retentit, certainement un fusil. Je sursautais dans ma selle comme s'ils avaient déjà découvert mes vraies intentions.

— Les Clanton nous signalent qu'ils nous ont vus. Au moins nous sommes attendus, déclara monsieur Montgomery sans préciser si c'était une bonne chose ou une mauvaise chose.

Plutôt qu'une balle de fusil, ce sont deux chiens plus proches des coyotes que de l'épagneul breton, qui nous accueillirent. Menaçants, ils aboyaient sur notre passage et j'étais heureuse qu'Arizona et Double Star n'essaient pas de botter ces chiens, les deux autres chevaux par contre se tortillaient stressés par la situation. Nous passâmes sous une arche en bois qui délimitait la propriété puis approchâmes de deux grands enclos de part et d'autre du chemin. Celui de gauche contenait un troupeau de vaches plus occupées à ruminer qu'à nous regarder passer, celui de droite, moins peuplé abritait des chevaux aux robes variées. Un sifflement sec indiqua aux chiens de nous laisser passer et ils partirent se cacher quelque part dans la propriété. Le chemin montait doucement vers l'habitation principale. Un large porche se dessinait devant nous, présentant au fur et à mesure de notre avancée ses planches de bois craquelées par le soleil. Le bâtiment ne comportait pas d'étage apparent, mais le toit aux pentes prononcées trahissait des pièces mansardées. Sous le porche, à l'abri du soleil, un homme se reposait sur une chaise à bascule, le chapeau cachant son visage.

— Ne te fie pas à son air tranquille, me prévint Bastian. En juillet dernier il a participé à une embuscade avec plusieurs Clanton contre des Mexicains dans le canyon Skeleton alors qu'ils transportaient de l'argent. Ils ont tué quinze d'entre eux.

J'étais prévenue, le plus innocent des hommes dans les parages était un redoutable membre du clan des Cowboys. Non loin de lui, deux autres hommes nous observaient depuis leur chaise. Je reconnaissais le fameux Ike, mais le deuxième ne me disait rien. Ils n'avaient pas l'air de bonne humeur, de toute évidence nous ne devions pas rester plus que nécessaire sur leurs terres.

Montgomery s'arrêta devant le porche, mit un pied à terre et salua en retirant son chapeau. Nous en fîmes autant bien que je me contentais d'incliner la tête - hors de question de laisser sortir ma longue natte. Personne ne bougea ni ne dit un mot, alors nous attendîmes, le plus respectueusement possible.

— Eh ! Bienvenue Montgomery au ranch Clanton, commença Ike comme s'il venait juste de se rendre compte de notre présence. Alors qu'est-ce que tu viens faire ici aujourd'hui ? Eh, en plus tu as amené de la compagnie ?

— 'Lut Ike ! Répondit Montgomery avec un nouveau geste de son couvre-chef. Bah voilà, je t'en avais parlé il y a quelque temps. J'ai récupéré un beau Mustang. Nous l'avons remplumé et dressé alors je voulais vous l'amener en personne pour vous le montrer.

Il triturait le bord de son chapeau entre ses doigts, de toute évidence il n'était pas rassuré et passait une sorte de test. Ike jeta un coup d'œil au mustang sans paraître étonné de notre venue... Personne ne prononça un mot et un silence malsain s'installa à nouveau. Seules quelques rafales de vent venaient briser l'immobilité de la scène, chassant les fétus de paille le long du chemin. Tout le monde attendait, mais quoi ? Quel signal ? Un règlement de compte dont j'ignorais encore l'existence ? Je vivais une scène du parrain, mais oubliez les Italiens aux cheveux gominés tirés vers l'arrière, tout était affaire de bottes à talon et d'éperons à molette ou de chaps à franges. Chaque cowboy portait une ceinture-cartouchière en cuir parcourue de nombreuses balles aux ogives étincelantes aux rayons du soleil. Les holsters ne comportaient pas de lanière de sécurité et renfermaient de longs six coups aux poignées de bois assombries par la transpiration et l'usage. Une winchester, modèle 1876 avec sa poignée articulée pour recharger, était posée verticalement contre le mur derrière Billy Clanton, j'imaginais aisément qu'elle avait servi à signaler notre arrivée. De notre côté, nous n'étions pas armés et il aurait bien vain de vouloir amener une arme supplémentaire dans une propriété qui devait cacher à un vrai arsenal.

— Approchez, marmonna le type que l'on aurait pu croire endormi sur sa chaise. Prenez un verre avec nous.

— C'est pas de refus Billy, le trajet nous a asséchés.

La tension ambiante diminua d'un cran d'un côté comme de l'autre, de toute évidence le signal tant attendu était arrivé. Nous nous installâmes sous le porche, assis sur de vieilles chaises grinçantes et peu confortables et Ike nous servit à chacun un shot de whisky.

Montgomery sirota son verre suivi par Bastian. Je ne pouvais rester en marge et sentis le liquide sirupeux glisser sur ma langue, traverser ma gorge et poursuivre dans une longue descente à l'intérieur de mon corps. Ma gorge s'enflamma, laissant la sensation remonter jusque dans ma bouche. J'avais envie de tousser, mais je me forçais à retenir le liquide en grimaçant.

— Eh le bleu, dis que c'est pas bon pendant que tu y es.

— Il est encore jeune... Pas habitué à nos tords-boyaux locaux, minimisa monsieur Montgomery.

— Ouais, tu prends toujours des p'tites natures sous ton aile John. Bon alors, qu'est-ce que tu nous amènes cette fois ? J'espère que ton nouveau canasson vaut le coup; tu sais bien qu'on trouve un peu ce que l'on veut ici... Ou de l'autre côté de la frontière !

— Tu ne devrais pas être déçu Ike. C'est un mustang vif et rapide et Louis, précisa-t-il en me désignant de la main, a fait un super travail de dressage.

Le visage du Cowboy traduit un sentiment de surprise involontaire avant de se refermer. Il nous faudrait plus que de simples mots pour le convaincre... Après tout il avait beau être un hors-la-loi, lui et sa famille, il n'en restait pas moins un homme de cheval qui gérait des troupeaux de vaches et des chevaux à longueur de journée.

— Humm, intéressant. J'aimerais bien voir ça.

Monsieur Montgomery se leva et je lui emboîtais le pas pour démontrer les capacités de Double Star. Cela ne devrait pas être bien difficile : Double Star connaissait mes demandes par cœur. J'allais leur faire une longue démonstration et Bastian profiterait de ma diversion pour fouiller la maison, en espérant qu'il ai le temps de trouver l'arme.

— Non, déclara Ike en barrant mon chemin de son bras, si tu es si fort pour dresser un cheval, alors ton ami devrait pouvoir le monter, hein Bastian ?

Et merde pour le plan. Bastian hésita, il avait travaillé avec Double Star, mais n'avait pas le lien que je partageais avec lui. Discrètement je hochais de la tête en sa direction : il y arriverait, et je me rasseyais en étudiant déjà l'intérieur de l'habitation que j'entrevoyais depuis le porche. Ce serait à moi de chercher le revolver, mais à la différence de Bastian je n'étais jamais venue et n'avais aucune connaissance des lieux. Le groupe se dirigea vers le corral en me laissant seule avec Billy Clanton, bien décidé à poursuivre sa sieste qu'il ai des invités ou pas. Ils guidèrent Double Star jusqu'à un round-pen d'une dizaine de mètres de diamètre. D'autres Cowboys avaient rejoint le groupe et se dispersaient autour de l'enclos pour profiter du spectacle à venir.

En face de moi Billy avait une respiration lente et profonde, de temps à autre la poitrine se soulevait et la respiration se bloquait avant qu'un raclement de gorge ne lui permette de repartir. J'attendais pour voir si son rythme se répétait. Dormait-il dans l'air chaud de milieu de journée ? Difficile à dire avec certitude. Dans le corral, Bastian commença à échauffer le mustang. Le faisant à pied, il reçut nombre de sobriquets désagréables parce qu'il ne montait pas immédiatement sur l'animal "comme un véritable hombre". Tous les cowboys venaient assister à un rodéo -

un de leur passe-temps préféré et un moyen de prouver leur valeur et leur courage. Double Star avait beau être un jeune mustang capturé dans la nature, j'étais certaine qu'ils seraient déçus du manque de spectacle, mais, qui sait, peut-être impressionnés de son dressage. J'étais tout de même un peu attristée de ne pouvoir assister à la prestation de Double Star, car nous avions longuement travaillé pour parvenir à ce résultat. J'apercevais Bastian en train de le seller pour commencer à le monter et le manier au pas. Il n'y avait plus de temps à perdre, car je devais trouver l'arme de Doc avant la fin de la démonstration. Je me penchais doucement au-dessus de la table en bois qui me séparait de Bill Clanton. Tant qu'il ne bougeait pas, j'allongeais le bras, jusqu'à atteindre son verre à whisky. Le verre à portée, je le déplaçais et l'éloignais de lui. Il n'y eut aucune réaction. Ok cela devrait suffire. Je bougeais ma chaise de telle façon qu'une colonnade du porche me couvrait partiellement du round-pen puis me suis levée. Je glissais mes pieds sur le plancher pour ne pas faire de bruit et ouvris la porte d'entrée qui se résumait à une fine moustiquaire à côté de la winchester.

    L'intérieur était plutôt clair grâce à de hautes fenêtres aux rideaux tirés, et ce, malgré l'omniprésence de bois. Au centre de la pièce, une grande table flanquée de bancs devait servir aux repas de famille. Un brau en fer ainsi que quelques assiettes sales attaquées par les mouches traînaient encore dessus. Plusieurs chaises complétaient l'ensemble pour permettre de grandes tablées. À ma droite un escalier donnait accès à l'étage supérieur et séparait deux ouvertures donnant sur d'autres pièces. À l'opposé de l'entrée, une chaise à bascule où reposait un épais coussin et une couverture unie faisait face à une grande cheminée de deux mètres de large. Sur le linteau de la cheminée, on pouvait admirer plusieurs photos de famille en tirage noir et blanc dont le papier jaunissait déjà. Il devait y avoir tous les fils Clanton ainsi que d'autres membres du gang des Cowboys posant à côté de leurs chevaux. Je marchais en direction de plusieurs armoires basses quand j'entendis un bruit provenant d'une pièce voisine. Prise de panique je me réfugiais sous la longue table. Des pas résonnèrent et se rapprochèrent de ma cachette. Je me recroquevillais pour ne pas me faire voir. J'aurais voulu pouvoir me transformer en fourmi pendant un instant.

  Les bruits de pas ralentirent, ils étaient lourds et lents puis je vis deux souliers apparaître juste devant le banc à ma gauche. Ils s'arrêtèrent. Je retenais mon souffle pour me préparer à bondir et m'échapper le plus rapidement possible. Un autre bruit parvint du dessus de la table, un son de raclement puis les pas se sont éloignés.

  — Molly, ils ont encore débarrassé la table à moitié. Je te ramène les assiettes.

  J'attendis que la servante, ou peut-être une de leurs femmes, retourne dans la cuisine pour expirer l'air de mes poumons. Il fallait que je fasse attention, car je n'étais pas seule ici. Peut-être aurait-il mieux valu établir un plan d'action, le genre de super plan préparé comme une attaque de banque, mais je n'avais pas de temps à perdre. Le rez-de-chaussée me semblant assez risqué, je me déplaçais à pas de loup jusqu'à l'escalier pour explorer l'étage. Lorsque je mis le pied sur la première marche, j'eus la désagréable surprise d'entendre le bois grincer. Pourvu que personne ne m'ait entendue ! J'essayais pour les marches suivantes de me faire la plus légère possible en m'aidant de la rambarde, mais fort heureusement pour moi j'entendais plusieurs femmes plus concentrées sur leur conversation dans la cuisine que sur les bruits de la maison. J'arrivais finalement sur le palier sans éveiller leur attention. Le couloir étroit présentait de nombreuses portes séparées par des chandeliers ornés de bougies. Il n'y avait pas de distinction sur les portes alors je les essayais au hasard : tout d'abord je collais mon oreille à la surface pour écouter si du bruit s'échappait de la pièce puis je vérifiais si elle était vide en observant par le trou de la serrure. Je fis plusieurs chambres sans rien y trouver d'original. Toutes partageaient la même décoration : un lit placé sous une croix chrétienne, un chevet avec une bible posée dessus et une armoire avec quelques vêtements à l'intérieur. Il n'y avait rien de planqué sous les lits et pas de coffre en vue. J'accélérais mes investigations, car Bastian ne pourrait pas les retenir bien longtemps. Une porte s'ouvrît sur un placard, mais il n'y avait que des couvertures, des draps et quelques étoffes dont une belle en soie. Je commençais à désespérer, car mes investigations ne donnaient vraiment aucun résultat, même pas un indice pour la suite. J'explorais la chambre suivante à gauche, puis celle à droite du couloir. J'étais presque arrivée au bout du couloir alors j'y passais plus de temps de peur de passer à côté d'une cachette. Je n'avais pas imaginé revenir les mains vides de cette expédition. Quel prétexte pourrais-je trouver pour revenir et où pourrais-je chercher sans la moindre information utile ? C'était comme chercher une aiguille dans une botte de foin, tout se ressemblait tellement et ils avaient pu cacher l'arme n'importe où.

    Je me suis figée au milieu de la pièce, un détail ne collait pas, un détail dont j'aurais dû m'apercevoir plus tôt. Une étoffe en soie ? Certes, les Clanton n'étaient pas pauvres, mais d'après les vêtements trouvés dans les armoires ils accordaient peu d'attention aux garde-robes de luxe. Je retournais jeter un deuxième regard au placard à couvertures. Je touchais la fine étoffe, très certainement importée d'Inde et repensais aux toilettes raffinées de Kate Big Nose. Enroulée dans le tissu on sentait une masse plus importante et rigide. Je soulevais l'ensemble avec précaution et dépliais le tissu pour découvrir un long canon effilé qui se poursuivait sur un barillet en métal surmontant la gâchette. L'arme avait été bien entretenue, graissée et nettoyée, certainement avant d'être volée. Elle était chargée, prête à servir. Je la rangeais à nouveau dans son emballage et remontais le couloir.

Je redescendais avec souplesse l'escalier en bois, m'appuyant sur la rambarde de la main droite et calant l'arme contre ma poitrine avec mon bras gauche. J'étais concentrée à ne faire aucun bruit quand une voix grave retentit.

— Eh toi ! Que fais-tu ici ? Tonna Bill Clanton remis de sa sieste.

J'étais stoppée nette au milieu de l'escalier alors qu'il encadrait l'entrée de la maison. Il me fallait absolument trouver une répartie pleine d'aplomb qui me sortirait de cette mauvaise passe. Des mots qui feraient mouche. Mais il avait déjà remarqué l'étoffe que je portais contre moi. Je descendis le reste de l'escalier quatre à quatre avant qu'il ne réagisse, et tournai pour rejoindre la cuisine.

— Arrête ! Reviens-ici ! Cria-t-il en s'élançant à ma poursuite.

J'entrai en furie dans la pièce, heurtai une première femme puis une seconde qui hurla. Je manquai de m'affaler dans la cuisinière. En me redressant je vis une femme se saisir d'un couteau de cuisine alors que Bill arrivait déjà dans l'embrasure de la porte. Je me munis du revolver de Doc et jetai l'étoffe de soie.

— Reculez tous ! Reculez !

Il y eut un temps d'arrêt puis ils s'approchèrent à nouveau, doucement, mais sans relâche. Bill descendit sa main droite le long de la hanche, les yeux rivés sur moi et le regard mauvais.

— Arrêtez, levez les mains ! Ok, maintenant jetez votre arme dans le salon. Allez !

Il s'exécuta, lançant l'arme derrière lui. Au contact du sol, le coup partit avec une forte détonation. Mince, maintenant tout le monde allait rappliquer ici. Je lançais mon regard à la ronde pour trouver une sortie. Une petite porte-fenêtre donnait sur l'arrière du bâtiment. Je bondis jusqu'à la poignée et me pressai de sortir. J'entendais déjà le bruit des pas accourant à la rescousse à l'avant du porche. Je sifflais puissamment tout en continuant à courir pour faire le tour de la maison. Derrière moi, des voix hurlaient, toujours plus nombreuses. Je m'attendais à les voir apparaître et me barrer la route d'un instant à l'autre. Vite ! Je devais atteindre l'autre côté du bâtiment. Au coin du mur, une ombre se dressa devant moi. C'était Arizona qui avait répondu à mon appel. Je glissais le pied droit dans l'étrier, pris une rêne d'une main et de la même main me cramponnais à la corne. Allez, ehhhyaaahhh, au galop ! Arizona partit à fond alors que je me maintenais sur un seul étrier, camouflée contre son flanc. J'entrevis des hommes sortir de l'arrière de la maison. Nous passâmes devant la maison alors qu'un petit groupe sortait aussi sous le porche. Bastian et Montgomery se mêlaient au groupe sans vraiment chercher à me rattraper. Je passai devant le round-pen, posai pied à terre et l'ouvrai pour libérer Double Star. Il me regarda surpris.

— Allez mon beau ! Retrouve ta liberté, galope loin de là.

Ses yeux me scrutaient, sa tête immobile, et soudain il partit rapide comme le vent. De nouveau assise en selle, je me lançai aussi au triple galop. Les premières balles volèrent au-dessus de ma tête, mais manquaient de précisions à cette distance. Je n'entendais plus les voix des Cowboys, déjà remplacées par le vacarme des sabots. Sans me tourner, je distinguais les foulées de deux chevaux, mais j'avais confiance dans la rapidité d'Arizona et la poussais à aller plus vite. Les balles continuaient à siffler sans atteindre leur cible. Gagner rapidement du terrain était mon unique solution dans ce paysage plat et désertique, car un tir bien placé suffirait pour mettre fin à notre folle course.

— YeeHaa ! Plus vite Arizona, il faut les semer !

Peu à peu les tirs s'atténuèrent sans que nos poursuivants n'abandonnent, ils se concentraient sur leur vitesse. Nous n'arrivions plus à les distancer et je redoutais qu'Arizona ne s'épuise plus rapidement qu'eux.

Je fonçais droit sur Tombstone où nous pourrions chercher protection auprès des Marshalls, mais au-devant de notre course trois autres cavaliers apparurent prêts à nous intercepter. Ils venaient à vive allure dans ma direction. J'obliquais sur la gauche, ils s'ajustèrent. Yehhaahh ! Arizona redoublait d'efforts. Puis les trois nouveaux arrivés stoppèrent, ils armèrent leurs longs fusils, prenant leur temps pour bien ajuster leur cible et les salves commencèrent à pleuvoir sur mes poursuivants. Toujours au galop, je me retournais sur ma selle pour mieux les distinguer. C'étaient les Apache ! Ils chassaient les cowboys à mes trousses et ces derniers, pris sous un feu nourri, décidèrent rapidement de battre en retraite.

J'étais soulagée et agitais la main dans leur direction pour les remercier, mais je savais que je ne me sentirais vraiment en sécurité que de retour à Tombstone. *Courage Arizona, plus qu'un petit effort.*

Chapitre XII

Tombstone se dévoila enfin devant nous avec ses bâtiments longeant de larges rues de terre. Guère plus d'une heure ne s'était écoulée depuis le début de notre fuite du ranch des Clanton, l'après-midi commençait tout juste. J'évitais les artères principales pour ne pas éveiller l'intérêt des passants jusqu'à rejoindre Allen Street à la jonction avec OK Corral. Je ne pouvais retourner dans l'établissement de monsieur Montgomery, car les Cowboys me chercheraient en premier en ces lieux. Néanmoins, Arizona avait besoin d'une écurie où se reposer et manger. Nous allions nous mettre toutes les deux au vert et trouver une planque pour quelques jours, le temps que tout se tasse.

En travaillant avec Bastian j'avais repéré une autre écurie un peu plus loin derrière OK Corral sur Fremont Street. Elle était tenue par un certain monsieur Dunbar dont Montgomery, à défaut d'en dire du bien, n'en disait point de mal. Après tout il ne pouvait encenser ses concurrents directs. Étant toujours curieuse surtout lorsqu'il s'agit de chevaux, j'avais observé son personnel s'occuper des chevaux et s'ils n'étaient pas aussi choyés qu'Arizona, ils étaient correctement traités et entretenus. Mais surtout, le nom de Dunbar me rappelait quelque chose, j'avais dû lire quelques lignes sur cet homme dans un livre d'Histoire sur Tombstone, mais mes souvenirs devenaient de plus en plus confus. Cela avait-il de l'importance ou n'était-ce qu'une réminiscence insignifiante de mon esprit ? Tout était plus fou, plus difficile à se rappeler, comme un mot sur le bout des lèvres qu'il me serait impossible de retrouver. Est-ce qu'à force de rester piégée à cette époque à Tombstone mon propre passé disparaissait ? Les larmes me montèrent aux yeux à l'idée de ne plus revoir ma famille et mes amis. Je n'étais pas prête à abandonner ma vie antérieure. Je pris la décision de rendre l'arme le plus vite possible à Doc et de retourner en apprendre plus auprès du shaman Apache. La première étape était de mettre Arizona à l'abri.

C'est Monsieur Dunbar lui-même qui m'accueillit. Un homme charmant et sophistiqué, il portait son veston ouvert sur une longue cravate droite et un pantalon impeccable. Pas de tâche. On s'attendait plus à le croiser au tribunal de la ville ou à la mairie que dans une écurie. Bien sûr, il n'échappait pas à la mode locale et arborait fièrement une moustache finement taillée. À croire que tous les hommes allaient chez le même barbier, ce qui pouvait bien être le cas, me dis-je en pensant à celui officiant plus bas sur Allen Street.

Dunbar avait de la place pour Arizona, mais il restait méfiant sur mes capacités à payer la pension. J'aurais certainement été aussi rétive que lui en voyant un garçon trempé de sueur, pressé par le temps et ayant travaillé chez un concurrent. Je n'avais pas de bonne explication à lui donner et je préférais, de toute façon, lui en dire le moins possible. Je sortais donc l'argent. Juste le nécessaire pour les deux premiers jours et lui promis de revenir payer chaque fois qu'il le faudrait. Ma bourse s'était un peu remplie grâce au travail à OK Corral ce qui me permettait de le payer d'avance pour une plus grande période, mais mes diverses aventures m'avaient rendue moins naïve : on ne sait jamais ce qui peut arriver. Il faut croire que l'argent aplanit tous les problèmes, car il accepta sans problème. Le deal était clair :

je payais d'avance chaque journée où je voulais la laisser sinon Arizona deviendrait sa propriété. Pas de soucis, j'avais déjà l'argent et j'allais rester en ville jusqu'à la fusillade d'OK Corral. S'il y avait un problème je lui dis qu'il pouvait me trouver au Grand Hôtel, il suffirait de demander à voir Mary Katherine Horony-Cumings.

Je repartis à pied dans Allen Street, rassurée pour ma chère Arizona. Je retournais à la chambre de Kate Big Nose dont je gardais précieusement la clé. La veille au soir, j'y avais secrètement transféré mes quelques affaires dont la robe et il était temps de redevenir une fille pour brouiller toute piste pouvant mener à Louis. Lorsque je gravis l'escalier menant aux chambres de l'Hôtel, le responsable des lieux me saisit par la manche pour m'empêcher de monter.

— Eh petit ! Où vas-tu ? On n'aime pas ici les vauriens qui chapardent dans les chambres des clients !

— Vous vous trompez Monsieur…

— Tu crois que je ne t'ai pas vu venir en douce hier soir, hein ? Tu veux que je fasse appel au shérif pour te déloger ?

— Mais non ce n'est pas ce que vous croyez. Je suis un ami de Kate, regardez elle m'a donné sa clef pour accéder à sa chambre, lui dis-je.

Il me lâcha sur le champ.

— Ah oui je vois. Tu n'es pas un peu jeune mon gars ?

— Quoi ?

— Bon ok pour cette fois, mais tu lui diras qu'il y a d'autres établissements pour ça, je ne veux pas de ce style de défilé dans mon hôtel.

Je ne comprenais vraiment pas ce que pouvait me raconter l'hôtelier. Et puis d'un coup, mon cerveau fit tilt et remit les morceaux de puzzle en place : il parlait du passé de Kate, celui de prostituée. Je rougis comme une pivoine à l'idée de ce que cet homme pouvait imaginer à mon propos, je me devais de défendre mon honneur et celui de Kate.

— Vous vous trompez monsieur, même si mon accoutrement peut laisser penser à d'autres choses, je suis vraiment UNE amie de Kate, lui avouais-je en retirant mon chapeau et laissant ma natte retomber dans mon dos.

Il haussa les épaules et répliqua :

— Faites ce que vous voulez, mais pas de défilé dans mon établissement, je ne le permettrais pas.

Il tourna les talons pour retourner à son comptoir. Il ne m'avait pas crue, cela m'agaçait, mais je pris sur moi et rentrais dans la chambre de Kate. Tout y était calme et je pus enfin me reposer de ma chevauchée sur un lit qui sentait bon le parfum de rose. J'avais bien mérité un petit somme.

***

Lorsque je me réveillais, le soleil était déjà couché et l'activité des divers casinos et bars battaient son plein dans la rue. J'avais fait amener un bac pour me laver. L'eau m'avait coûté une véritable fortune, bien plus cher que le moindre alcool qui coulait à flots dans les saloons. Le bac était en fait le fond d'un large tonneau en bois cerclé de fer. Son bord n'atteignait pas mes genoux et de l'eau chaude m'attendait jusqu'à mi-hauteur. Une cruche supplémentaire d'eau, cette fois froide, accompagnait mon bain afin de m'aider à me rincer. J'entrais dans le bac et soupirais de régal au contact de l'eau chaude sur ma peau. Je me débarrassais enfin de la crasse et du sable qui s'infiltrait dans tous les vêtements. Fini la poussière irritante et collante, je me prélassais dans le bain, profitant de chaque goutte du précieux liquide, jusqu'à ce que la douce tiédeur laissa place à une eau froide et sale. Une fois ma toilette faite avec un bout de savon et des serviettes humides, je profitais de la bassine pour défaire ma longue natte et laver mes cheveux. Il y eut beaucoup de travail pour les rendre moins secs et raides. Heureusement pour moi Kate avait de nombreux peignes, lotions diverses et parfums.

A la fin de mes ablutions, habillée de ma belle robe à tournure, le miroir m'indiquait être à nouveau présentable et féminine. J'essayais de me faire un chignon sophistiqué pour parfaire mon allure puis enfilais mes souliers de cuir. J'empruntais à Kate de longs gants remontant jusqu'aux coudes pour compléter le tableau. Avant de sortir, je jetais à nouveau un œil dans le miroir, curieuse du résultat. Je ressemblais aux femmes d'époque victorienne que l'on croisait dans les soirées mondaine au bras d'un homme en queue de pie. J'hésitais un instant… C'était peut-être trop ? Je parcourus la pièce du regard, dans la bassine croupissait une eau trouble et sur le lit traînaient des vêtements d'hommes marqués par la terre et la transpiration. Non, au diable la peur et les hésitations, j'étais méconnaissable et personne ne ferait le rapprochement entre Louis et Louise.

Je sortais de la chambre. Ce n'est que la main posée sur la poignée que je me souvenais du but de ma sortie. Je me précipitais au pied du lit pour prendre le revolver de Doc. Je le glissais en haut de mes hautes chaussettes et l'accrochais avec une ceinture serrée autour de ma cuisse. Pfff, ça me donnait un peu un style à la Lara Croft, mais ces vêtements de femme n'étaient vraiment pas prévus pour trimballer une arme. Je replaçais correctement mes jupons et vérifiais que l'on ne voyait rien. Ça y est, prête ! Et je sortis à la recherche de Doc Holliday.

***

Les lumières de chaque saloon éclairaient une rue animée et joyeuse. Des dandys, souvent avec une femme accrochée à leur bras, croisaient des hommes plus rustres en recherche de gain facile ou de breuvage alcoolisé. Régulièrement des hommes en manque de compagnie m'abordaient, mais ils eurent l'amabilité de ne pas insister devant mes refus. J'avais peut-être la chance que la nuit ne soit pas trop avancée et que leur proportion d'alcool dans le sang soit encore raisonnable.

    Je visitais plusieurs salles de jeu sans y trouver Doc, peut-être Kate avait-elle suivi mon conseil de rester à Tucson et que finalement la fusillade d'OK Corral n'aurait pas lieu ? Au quatrième saloon - combien pouvaient-ils bien y en avoir à Tombstone - je trouvais une table animée. Apparemment, un joueur de cartes y remportait de fortes mises et attirait une large foule autour de lui. Jouant un peu des coudes pour atteindre la table, je ne fus pas surprise d'y trouver Doc. Il jouait au poker contre trois autres hommes et les gains amassés s'accumulaient sous forme de pièces et de billets de son côté de la table. Lorsqu'il me vit, il me salua en retirant son chapeau.

— Vous êtes en beauté, Miss Louise-tout-court !

    Je lui souris poliment en retour alors qu'une personne debout à ses côtés me faisait une grande œillade. C'était Kate, elle était resplendissante dans une robe alternant rouge et noir sur un corset très ajusté. Son collier de perles mettait en valeur son décolleté tout autant que son chignon terminé en boucles anglaises. Ses longs bras graciles aux gants ajourés gardaient toujours contact avec Doc. Ce n'est qu'en les voyant ensemble que je compris le lien passionné qui les reliait. Lorsque Doc ne triait pas ses cartes, il posait sa main sur celle de Kate; les deux se frôlaient, leur contact glissant délicatement comme une caresse. Dans la cohue du jeu et de l'environnement bruyant, Doc et Kate semblaient suivre leur propre rythme. Sans même se regarder, ils se trouvaient et ne se lâchaient pas alors que tous les yeux étaient rivés sur le jeu et l'argent. Je ressentais leur amour l'un pour l'autre et enviais presque Kate.

Trouverais-je moi aussi un jour un tel amour ? L'image de Bastian traversa mon esprit. J'agitais la tête, non il fallait que j'arrête de divaguer. Cela ressemblait aux contes de chevalier et de princesse, mais je savais que leur passion les dévorait aussi régulièrement. Les conflits n'étaient pas rares et plusieurs fois ils s'étaient séparés… Kate allant même par vengeance le faire accuser de l'attaque d'une diligence, ou volant dernièrement son fameux Colt.

Je sentais toujours le métal froid de l'arme contre mes cuisses et je devais trouver un moyen de le rendre à Doc. Peut-être attendre qu'il finisse sa partie pour pouvoir l'aborder seul à seul ? Oui, mais voilà quelle explication lui donnerais-je ? Salut, j'ai trouvé cette arme chez les Clanton, je crois savoir que c'est la votre ? Ou plus honnête, votre fiancée l'avait volée, je vous la ramène. Non hors de question. Kate s'était assise en travers des genoux de Doc et il passait son bras autour de sa taille. Plus je les regardais s'échanger de discrets regards amoureux, plus je me disais que je ne pouvais pas m'immiscer entre eux même si rendre l'arme devait me permettre de rentrer chez moi. Je fis signe à Kate de me suivre. Nous allâmes à une table isolée loin du tumulte du jeu et nous nous assîmes côte à côte pour discuter comme de vieilles amies.

— Tu es charmante, Louise !
— Oh merci, mais je n'atteins pas votre beauté.
— Et polie en plus, ah je serais ravie de t'avoir comme fille. Je suis contente de te voir en forme. J'avais peur que tu tentes quelque chose d'inconscient contre les Cowboys.
— Justement. C'est fait.
— Quoi ? Tu as pu retrouver l'arme de Doc ?
— Oui je l'ai ici, lui répondis-je en pointant du doigt vers le bas.
— Tu es géniale, je te suis infiniment redevable ! Lui as-tu déjà dit ?

— Non. Je crois que le droit vous en revient.

Elle me prit les mains et les serra dans les siennes.

— Oh Louise, tu es une véritable amie, ma fille !

— Doucement… Il faut vraiment me promettre de la lui remettre dès ce soir. Doc doit avoir cette arme s'il rencontre à nouveau Ike Clanton, c'est très important. Je ne pourrais pas repartir s'il ne l'a pas.

— Repartir, de quoi parles-tu ?... Bien sûr que je vais lui donner au plus vite. Accepter de lui voler était une idée stupide de ma part et je vais tout lui avouer, ce qui compte le plus pour moi c'est lui. Avant-hier Wyatt est venu chercher Doc à Tucson pour qu'il l'assiste suite à des menaces directes des Clanton. Doc voulait que je reste en sécurité là-bas, mais il était impossible pour moi de le savoir seul en danger ici.

— Quel jour sommes-nous ?

— Eh bien Wyatt est arrivé à Tucson le 20 octobre, donc on doit être le 22 aujourd'hui. Je te promets de tout lui révéler dès ce soir : nous rentrerons à la pension de famille de miss Fly et je lui dirais tout, ok ?

Malgré mes conseils et mon instance pour qu'ils restent à Tucson, l'Histoire semblait reprendre ses droits, ils étaient à nouveau à Tombstone. Et si tout suivait l'ordre original la fusillade aurait bien lieu le 26 octobre près d'OK Corral. Il ne restait plus que cette arme à rendre pour corriger les variations provoquées par la mort de mon grand-père. Kate me regardait en attendant une réponse, ses yeux étaient implorants. Trouverait-elle le courage d'avouer son méfait à son fiancé ? Peut-être ne devais-je pas, mais je lui faisais confiance. Je relevais discrètement mes jupons et retirais l'arme. Elle la glissa dans une sacoche de médecin où elle rangeait les gains de Doc. Ma mission était terminée et je n'avais plus qu'à attendre que tout rentre dans l'ordre. Nous parlâmes encore quelques minutes puis, reconnaissante, elle me laissa la clef de sa chambre. Je pouvais m'y réfugier tant que j'en aurais besoin. Je la remerciais et lui dis que je devrais certainement retourner voir mes parents d'ici une semaine. Ces derniers mots sonnaient comme un vœux. En attendant je resterais au Grand Hôtel pour me cacher des Cowboys.

Chapitre XIII

Je rentrais à l'hôtel, mais je ne savais pas si j'arriverais à dormir ce soir-là. La fusillade approchait, les événements allaient se précipiter pour aboutir à un moment historique du Far West américain et de cette issue dépendait mon retour à la maison. À l'excitation se mêlait la peur qu'un détail ne déraille et que je reste bloquée ici pour toujours. J'allais dormir, dormir pour oublier tout ça en me disant que maintenant tout roulerait sur des rails.

J'entrais machinalement dans la chambre plongée dans la pénombre et refermais la porte à clef.

— Bonsoir le voleur.

Je sursautais et me tournais vivement vers le lit. Un homme était assis un revolver pointé sur moi et un bandana autour du cou. Je saisis immédiatement la poignée de la porte en cherchant le trou de serrure avec ma clef.

— Tsss, tsss. Non je ne ferais pas cela à ta place. Laisse la porte fermée et viens vers moi.

J'obéis, navrée de ne plus avoir l'arme de Doc sur moi. Le Cowboy alluma une bougie.

— Tiens en voilà une surprise... Maintenant tu es une femme. Heureusement que le patron de l'Hôtel m'avait prévenu. Tu sais que tu n'as pas été facile à retrouver ?

Je me pinçais les lèvres attendant la suite.

— Mais tu as fait un mauvais calcul en allant voir Dunbar, une partie de ma famille travaille pour lui donc j'ai appris par hasard que tu lui avais confié ton cheval. Et puis vu qu'il a la langue bien pendue, j'ai su pour la chambre au Grand Hôtel… Et me voilà.

Il coupa son monologue pour larguer un gros crachat sur le sol avant de reprendre :

— Bon je parie qu'il est trop tard pour récupérer le Colt que tu nous as pris, n'est-ce pas ?

J'acquiesçais contente de pouvoir le contrarier malgré le canon de l'arme qui me menaçait.

— Ok, trop tard. Je pourrais partir comme je suis venu, tout oublier vu qu'il n'y a plus rien à faire… Oui je pourrais faire ça. Mais il faut te donner une leçon pour t'en être prise aux Cowboys, tu vois sinon plus personne ne nous respectera. Je suis sûr que tu comprends, hein ? En apprenant que tu es une fille, je me suis dit bon, on va pas la flinguer, on n'est pas des sauvages comme les Indiens. Alors j'ai dû trouver autre chose.

L'homme de main prenait son temps, de toute évidence il se délectait de la situation… Et il savait qu'aucun renfort ne surgirait pour me sauver.

— En fait, c'est toi qui m'a donné la solution. Dunbar t'a prévenue pour ton cheval. Si tu ne paies pas, il le garde - en fait il le revendra et on sera là pour l'acheter ce canasson. Il avait tapé dans l'œil à Ike de toute façon. Bref, tu vois le truc, tu voles un truc important pour nous, on se rembourse. Là tu vas me suivre et on va t'éloigner quelques jours de Tombstone pour que tu n'aies pas l'occasion de payer Dunbar.

Mon sang ne fit qu'un tour. Je ne pouvais pas leur laisser Arizona. Je me retournais et enclenchais la clef dans la serrure. Derrière moi, sa voix posée se rapprocha : "Tsss, tsss, je t'ai dit de ne pas faire ça". Un violent coup atteignit ma nuque avec un bruit sourd. Tout tourna puis ce fut le noir total.

Chapitre XIV

Je sentis une odeur puissante m'envahir les narines jusqu'à l'écœurement. J'agitais la tête pour y échapper tout en ouvrant les yeux.

— Ah te voilà parmi nous la miss, dit-il en écartant un flacon.

Il faisait sombre et froid. Le visage de mon ravisseur se dessinait face à moi faiblement éclairé par la lueur d'une torche. J'essayais de me relever, mais mes mains étaient ligotées dans mon dos et attachées par une corde à un anneau au mur. Sans bâillon, je me mis à crier à l'aide de toutes mes forces. Ma voix se répercuta contre les murs et résonna au loin dans la caverne avant que le silence ne retombe.

— Tu peux crier autant que tu veux, personne ne te trouvera dans ce coin abandonné de la mine, me postillonna-t-il à la figure.

Je lui crachais au visage. Il essuya le mollard d'un revers de la main et me gifla dans le même geste. La joue me cuit, mais ce n'était rien comparé à la colère qui grondait et montait en moi.

— Quelqu'un devrait t'apprendre le respect. Mais je suis sûr que quelques jours ici vont t'aider à y voir plus clair. Je repasserais t'apporter un peu d'eau et de la nourriture…

En voilà déjà pour ce soir, dit-il en désignant une gamelle et un verre. N'attends pas que les animaux se servent !

Et il me laissa ainsi. La lumière de la torche disparut dans les tunnels bien avant que son rire gras ne finissent de résonner sur les parois. L'obscurité fut totale. Puis lentement ma vision s'accoutuma et je pus discerner mon environnement proche. J'étais apparemment au bout d'un tunnel se terminant dans une grotte naturelle. Des fissures parcouraient le sommet de la grotte et laissaient un peu de lumière parvenir jusqu'à moi, juste assez pour y voir à une longueur de bras.

J'entendais des gouttes d'eau tomber régulièrement, certainement le ruissellement le long des parois. D'autres sons s'ajoutaient moins réguliers, légers et rapides, peut-être des déplacements d'animaux, mais je ne voyais rien bouger autour de moi. Effrayée je me calais contre la paroi du mur, les genoux recroquevillés contre ma poitrine.

Que j'avais été bête d'en dire trop à Dunbar ! Cela me revenait enfin. Le nom Dunbar n'était pas un détail anodin au fond d'un livre, bien au contraire. Maintenant je me souvenais que le jour de la fusillade d'OK Corral les Cowboys viendraient de l'écurie de Dunbar, y ayant laissés leurs chevaux. Sa famille avait fait compagne pour le shérif Behan lors des élections et les Dunbar travaillaient avec les Cowboys. Comment avais-je été aussi bête pour l'oublier ? Mais tous mes souvenirs étaient flous, comme entourés d'un nuage cotonneux que j'avais du mal à traverser. Maintenant j'étais séparée d'Arizona alors que le shaman Apache m'avait bien répété que nous ne pourrions rentrer qu'ensemble ! Lorsque la magie se manifesterait, il fallait absolument que nous soyons réunies au risque de rester bloquées en 1881. Ou de disparaître de toute réalité, autre possibilité rassurante. J'avais corrigé les erreurs de l'Histoire et les forces naturelles allaient certainement se déclencher dans les jours à venir pour nous renvoyer à notre époque. Je devais sortir d'ici au plus vite et rejoindre Arizona avant qu'elle ne soit revendue aux Cowboys.

Ok faisons le point sur la situation. J'étais donc seule et isolée, attachée à un mur. Je tournais mes mains pour les faire glisser dans la saisie, mais les liens me lacérèrent sans libérer le moindre espace. Je me relevais et courus pour essayer de faire céder la corde. Au moment où la corde se tendit, je crus que mes épaules allaient s'arracher et je tombai violemment à la renverse. Je recommençais cette fois sans courir, uniquement en tirant dessus, mais rien ne bougeait. J'avais entendu parler des histoires où la volonté de sauver un être cher décuplait la force physique. Il y avait eu cette adolescente capable de soulever suffisamment un pick-up pour dégager son père ou cette mère qui arracha à la force des bras une machine à laver ayant fait un court-circuit pour sauver son foyer alors que, le lendemain, il fallut trois hommes costauds pour la soulever. Plein d'exemples me venaient à l'esprit, alors je me concentrais sur Arizona et sur le fait de revoir ma famille, et tirais à nouveau de toutes mes forces, serrant les dents, forçant toujours plus fort, encore et encore, un centimètre de plus… Allez, encore un peu, mais il n'y eut aucun effet. Pas de force surhumaine. Taper des pieds dans l'anneau d'attache ne changea rien, il était scellé dans le mur et ne céderait pas à ma faible force. Je plissais les yeux pour trouver des objets à proximité, mais ne distinguais rien à plus d'un mètre de moi. Mes mains, bloquées dans mon dos, je tâtonnais dans le noir le long de la paroi, ne rencontrant rien pour faire office de levier.

Que pouvais-je faire ainsi dans le noir ? Peut-être qu'avec un peu plus de luminosité je découvrirais des éléments utiles autour de moi ? Mieux valait attendre que le jour montre le bout de son nez et garder mes forces en attendant. Je retournais près de mon attache et essayais de me souvenir où mon ravisseur avait laissé le verre d'eau.

Assise sur le sol, j'en trouvais finalement le bord de mes doigts, dans mon dos. Je me retournais, à genoux, et tentais de l'atteindre du bout des lèvres. Touché ! Je plaçais mes lèvres contre le bord du verre et aspirais le précieux liquide, mais lorsque l'eau diminua dans le verre, je le n'atteignis plus. Je forçais, appuyant sur le verre pour l'incliner et enfin boire le fond, mais il se renversa et roula plus loin hors de mon champ de vision. Cherchant autour de moi, je trouvais l'assiette de nourriture tant bien que mal. Ce n'était qu'une sombre masse difforme et je redoutais que de petits animaux, fourmis, insectes ou pire s'en délectent. J'abandonnais l'idée de manger dans le noir. J'attendrais que le jour se lève.

Je me calais l'épaule contre la paroi, le corps en chien de fusil, essayant de soulager mes bras meurtris par la tension dans mon dos. Impossible de rester dans cette position. Peut-être qu'en forçant je pourrais passer mes mains devant moi. J'avais déjà vu des spectacles où une prisonnière ligotée dans le dos parvenait à passer ses bras sous ses jambes recroquevillées puis défaisait les liens avec ses dents. Faute de mieux je pouvais toujours essayer : ayant pratiqué la gymnastique j'étais une fille plutôt souple sans être une contorsionniste professionnelle. Je m'accroupis sur le sol et baissais les mains dans mon dos. J'atteignis mes pieds. Il suffisait maintenant de passer une à une mes jambes à l'intérieur de mes bras. J'expirais, chassant tout l'air de mes poumons, pour réduire la taille de ma cage thoracique tout en écartant un peu les coudes pour laisser la place nécessaire à mon corps. J'avais presque réussi à passer complètement une jambe lorsque ma robe s'accrocha. Je tirais plus fort, mais j'étais coincée et perdis l'équilibre. Tout mon corps tomba sur le côté, les mains prises sous mes pieds, je heurtais violemment le sol poussiéreux. Mon crane bourdonna. Je restais au sol sur le flanc pour reprendre mes esprits, ma tempe gauche me faisant affreusement mal. Mon bras gauche restait bloqué sous mon propre poids. Inspirant bruyamment pour reprendre mon souffle, je forçais de mes jambes pour dégager la robe. Un crac résonna. Puis le son se mua en un tissu que l'on déchire. Ça y est, mes jambes étaient à nouveau libres de se mouvoir. Je me tortillais au sol tout en déplaçant mes bras et mes jambes. Rencontrant à nouveau de la résistance, je forçais sur le l'épaule droite. Il n'y eut pas de nouveau déchirement, juste une douleur vive qui m'irradia toute l'omoplate me faisant monter les larmes aux yeux. Malgré la douleur, je poursuivais et finalement pus placer mes mains devant moi.

C'était un tout petit pas vers ma liberté, il y avait bien plus à faire pour sortir de cette mine, mais j'avais besoin de me reposer. Je me roulais contre la paroi pour m'assoupir. Yeux clos, immobile, j'attendais, mais rien ne vint. Je rouvrais les yeux et il faisait toujours désespérément noir. Une heure passa. Puis deux. Puis je réalisais qu'il pouvait s'être écoulé seulement cinq minutes puisque je n'avais aucun repère pour mesurer le temps qui passe. Je commençais à compter dans ma tête, arrivée à 1000, je recommençais allant un peu plus vite comme si cela pouvait aider le temps à accélérer. J'essayais de compter les moutons, mais franchement je n'arrivais pas à me concentrer là-dessus. Finalement je crois que je me suis mise à parler à haute voix, mais il m'aurait été bien difficile de savoir si le son restait dans ma tête ou sortait réellement de ma bouche. J'avais peur de sombrer dans la folie si la lumière n'apparaissait pas rapidement.

Soudain je m'arrêtais de penser à quoi que ce soit. J'avais entendu un nouveau son… Peut-être un frottement sur le sol, suivi d'un bruit de sonnette… Un serpent à sonnette ! Le son venait de ma droite et se faisait plus net. Un sifflement l'accompagnait. Je bougeais légèrement pour m'éloigner du son et il s'arrêta quelques instants avant de reprendre de plus belle. Je n'avais aucune idée de la distance à laquelle se trouvait le serpent, mais s'il réagissait au moindre de mes mouvements il devait être déjà trop prêt à mon goût. Je n'osais plus bouger, mais la sonnette vibrait de plus en plus fort. Du pied droit j'essayais de trouver la gamelle de nourriture. Ma chaussure rencontra le bord de l'assiette. Je plaçais mon pied de façon à lancer l'ensemble dans la direction du serpent. Je me concentrais pour bien estimer d'où provenait le sifflement, tournant ma tête à gauche et à droite pour essayer de le situer en fonction de la différence sonore. Je n'avais qu'une seule chance, alors je croisais les doigts… Et lançai un grand coup de pied dans l'assiette.

Il y eu un ramdam pas possible sur le sol qui se répercuta sur les murs de la grotte et se poursuivit dans le tunnel. Une fois les échos dissipés, je tendis l'oreille pour repérer où était le serpent. Mais il n'y avait plus de bruit de sonnette. Était-il parti ? Avait-il seulement été bien réel ? Je fus soulagée sur le moment, mais je me demandais combien d'animaux sauvages se baladaient autour de moi sans que je puisse les voir. Il me semblait parfois sentir des pattes remonter le long de mes bras et j'agitais soudainement le corps en réaction. Impossible de savoir si c'était réel ou dans ma tête. Au bout d'un moment, ce qui pouvait aussi bien représenter une minute que plusieurs heures pour moi, je me suis sentie épuisée physiquement et nerveusement. Il fit plus noir, était-ce mes paupières ? Je crois que je m'endormis, mais là non plus je n'en étais pas certaine.

***

J'eus envie de hurler. Lorsque je rouvris les paupières il faisait toujours aussi noir. Étais-je condamnée à vivre dans l'obscurité nuit et jour ? Puis lentement je m'habituais à la pénombre et retrouvais les murs du tunnel et les parois de la grotte. Cela me prit un certain temps, le temps de compter jusqu'à trois cent lentement, mais je captais enfin plus de lumière. Mon regard pouvait porter plus loin et le monde connu s'élargit. L'assiette traînait renversée à quelques mètres de moi, les restes de nourritures éparpillés le long du trajet. Le verre était à la même distance, mais sur ma gauche. Je distinguais un wagon abandonné sur des rails qui se terminaient avec le tunnel. Mon corps me faisait horriblement mal, des mains jusqu'aux épaules, et mes jambes ankylosées râlaient à chaque effort pour me lever. Le wagon était hors d'atteinte; je revins à l'assiette, la nourriture avait été en partie mangée ce qui confirmait mes craintes que des animaux rodaient autour de moi dans l'obscurité. Sur ma droite, le long du tunnel des outils avaient été oubliés. En m'approchant je remarquais un reflet presque brillant, il émanait de la pointe acérée de pioches. Peut-être que pouvais-je utiliser les pioches pour sectionner mes liens. J'aurais sûrement tenté de me contorsionner dessus pour me libérer, mais la corde m'empêchait de les rejoindre. Seul l'anneau et les parois proches étaient à ma portée.

À court d'idées, je longeais la roche dans les deux sens pour étudier ma relative liberté. Des stries horizontales parcouraient la pierre, comme autant de strates accumulées par les millénaires géologiques. Le tunnel semblait avoir été creusé à la dynamite pour sa plus grosse partie alors que certaines portions comportaient encore les coups de pioche, de burin et de marteau des mineurs. Si on était bien dans la mine de Tombstone - la Good Enough Mine, toute cette débauche d'énergie visait à trouver de l'argent; toute la ville s'était construite autour du filon d'argent découvert en 1878 par l'éclaireur militaire Ed Schieffelin. Pourtant la tâche était loin d'être aisée, on lui avait prédit que la seule chose qu'il creuserait dans ce sol aride d'Arizona serait sa propre tombe, ce qui donna le nom de la ville tout juste naissante : Tombstone, la pierre tombale. Finalement la mine avait été très productive, au point qu'on lui octroya le surnom de stop à un million de dollars. Il était ironique que ce qui ferait la fortune de Tombstone allait me porter malheur.

Je continuais à scruter les coups des hommes dans la roche, me demandant finalement combien de mineurs avaient péri ici pour la fortune de quelques-uns. Si ce n'était pas à cause des éboulements, du monoxyde de carbone ou de la qualité de l'eau, certains d'entre eux allaient contracter la tuberculose. Ce ne serait que bien plus tard qu'on découvrirait que la silice présente dans l'air et la poussière des mines facilitait la propagation de la tuberculose. Je glissais mes mains dans leurs traces pour mieux ressentir leur dur labeur.

Aïe ! L'entaille dans la roche avait laissé un bord plus acéré sur lequel je m'étais coupée. Du sang se formait déjà en fines gouttelettes sur mon doigt que je maintenus un moment contre ma robe afin de stopper la petite blessure. Sans le vouloir j'avais enfin trouvé ma porte de sortie. Cela ne valait pas un couteau, mais cela ferait l'affaire. Me plaçant à côté de la roche, je tendis la corde et commençais à la frotter de haut en bas contre l'aspérité coupante. La corde grinçait contre la roche, mais elle était épaisse, faite de plusieurs brins qui ne céderaient pas rapidement. Je pris mon mal en patience. Des heures durant, je répétais machinalement les aller-retours. La corde résistait, mais au bout d'un moment un brin se sectionna. Combien me faudrait-il de temps pour venir à bout de la corde ? Une demi-journée ? Une journée ? J'essayais d'avoir un mouvement rapide pour que le frottement crée de la chaleur pour aider à rompre la corde. Après ce qui me sembla être de nouvelles heures, seule la volonté me faisait encore mouvoir les mains.

Pendant ces mouvements répétitifs je pensais à Bastian. Je ne l'avais pas vu depuis la fuite du ranch des Clanton et il me manquait. Le plan que nous avions élaboré supposait que l'un de nous deux récupère l'arme et se cache au Grand Hôtel. Celui restant au ranch devait se comporter comme si de rien n'était à OK Corral et attendre une journée avant de venir dans la chambre du Grand Hôtel. Nous voulions être sûrs de ne pas être suivis par les Cowboys, mais nous avions aussi besoin de faire un point sur les événements. Évidemment rien ne s'était vraiment passé comme prévu ! J'espérais que Bastian et monsieur Montgomery allaient bien. Tout avait été planifié pour que les Cowboys n'aient pas de raison valable de s'en prendre aux deux personnes restantes. Bastian faisait la démonstration des capacités de Double Star pendant mon méfait, et Montgomery, qui n'était au courant de rien, devait paraître aussi surpris que les Cowboys. Bien sûr personne n'avait à savoir que Double Star avait été dessellé juste à la fin de la démonstration pour permettre sa fuite dans la nature. J'espérais aussi que Bastian ai pu expliqué mon geste à monsieur Montgomery. Le patron d'OK corral avait vraiment été bon et bienveillant envers moi et cela m'aurait chagriné qu'il conserve une mauvaise image de moi, je lui devais beaucoup.

 Mes pensées furent interrompues par le résonnement de pas dans les tunnels. Était-ce le Cowboy qui revenait m'apporter à manger comme promis ? J'accélérais le mouvement de mes mains dans l'espoir de me libérer avant qu'il n'arrive. Un second brin lâcha, mais déjà j'apercevais de la lumière au bout du tunnel. Il me fallait un nouveau plan !

 En quelques secondes il apparut près du wagon.

 — Alors tu as passé une bonne nuit, princesse ? Mais qu'est-ce que… Commença-t-il en me voyant frotter la corde sur la roche. Toi, tu mérites vraiment une bonne correction !

 Il courut jusqu'à moi pour m'écarter de la paroi. Je n'avais pas assez de temps pour finir mon œuvre, mais ça il ne le savait pas. Il empoigna mes mains. Je lui offrais une feinte résistance, luttant sans conviction, alors qu'en réalité j'étudiais la situation. Il avait jeté la torche au sol, son arme était rangée dans son holster et un couteau reposait dans le fourreau le long de sa jambe. Collé ainsi contre moi, la distance qui nous séparait n'avait jamais été aussi courte; je me rendais compte qu'habituellement il conservait une distance de sécurité qui lui permettait de se servir de son colt sans que je puisse me saisir de ses armes. La précipitation du moment lui avait fait oublier toute notion de sécurité.

J'arrêtais de résister, ce qui augmenta ma liberté de mouvement.

— Ah enfin petite peste ! Je vais te ligoter complètement tu ne pourras plus bouger !

Il me remit face à lui pour inspecter les liens emprisonnant mes mains. Exactement le moment que j'attendais. Pan ! Je lui décochais de toutes mes forces un coup de genoux entre ses jambes. L'homme s'écroula sur place en gémissant. Alors qu'il était à quatre pattes je passais sur son flanc et de mes deux mains saisis son couteau. Je calais le couteau entre mes genoux et entamais mes liens rapidement. Le lame affûtée agissait rapidement sur la corde et les premiers brins cédèrent sans trop de résistance.

— Espèce de sa...

Un filet de bave tombait de ses lèvres. Il s'accrocha à une de mes chevilles et tira pour m'empêcher de continuer. Le couteau glissa à terre non loin de lui. Je me redressais et lui envoyai un nouveau coup de pied dans le visage qui le fit rouler sur le côté. Je repris le couteau et m'acharnais sur la corde.

Elle céda finalement. Mes mains étaient toujours liées, mais je n'étais plus prisonnière du mur. Je pris la torche et partis en courant dans le couloir. Je tournais à gauche et à droite au hasard des allées, tout ce qui comptait était de m'éloigner au plus vite de cet homme. Encore une bifurcation, boyau de gauche, tant pis pour celui de droite. De toute façon ne connaissant pas le plan de la mine j'aurais été bien en difficulté de trouver le meilleur chemin vers la sortie.

La voix de l'homme résonnait dans les couloirs :

— Attends que j'arrive, tu vas le regretter.

La voix était faible au départ, mais changeait au fur et à mesure, plus forte et plus sûre.

— Te cache pas, je vais te trouver de toute façon. Allez, ne rends pas les choses plus difficile ou tu vas le payer cher !

Ne sachant où aller, ni même si je m'éloignais de lui ou m'en rapprochais, je décidais d'arrêter ma folle course et de me cacher. J'éteignais la torche en la raclant sur le sol et en l'étouffant de poussière puis me glissais contre un étai de la mine pour écouter les déplacements du Cowboy. Selon les moments les pas semblaient s'approcher, d'autres fois ils étaient à peine audibles et régulièrement je l'entendais râler :

— Sors de ta cachette petite, sinon on se vengera sur ton cheval.

Fatigué des menaces, il changea de stratégie.

— Allez viens me voir. Tu ne connais pas la mine, si je pars tu n'en ressortiras jamais toute seule. Veux-tu errer ici jusqu'à ce que la soif ait raison de toi ? Ou peut-être préfères-tu tomber sur une tarentule ou une autre bestiole ?

Il n'avait pas tort, seule, je ne donnais pas cher de mes chances de revoir la lumière du jour. J'étais effrayée par cette perspective, mais l'idée de retourner dans ses pattes ne me satisfaisait pas non plus. Entre les deux, je préférais tenter ma chance. Je ne sais pas pourquoi j'ai ressenti le besoin de lui répondre. Peut-être pour lui prouver qu'il ne me faisait pas peur, peut-être simplement, car j'ai horreur de me laisser faire.

— Allez au diable !

— Toi d'abord, petite.
Puis il ajouta :
— Me voilà, j'arrive.

Les sons se firent plus nets, les pas se rapprochaient, une lumière glissa sur les murs du couloir devant moi, je pouvais presque entendre sa respiration. Sur la pointe des pieds je me planquais à la prochaine intersection, les mains serrées autour de ma torche éteinte comme si je tenais une batte de base-ball. J'en avais marre de fuir, alors plutôt que de mourir ici de faim ou de soif, j'étais prête à l'affronter. Les pas continuèrent à s'approcher et la lumière noya bientôt tout le couloir sur ma gauche. Il ne disait plus rien depuis un moment, peut-être aussi concentré que moi pour affronter son ennemi. J'attendais, en position, prête à envoyer un home run - ce puissant coup au base-ball où la balle frappée par la batte dépasse les limites de l'aire de jeu. À chaque nouveau pas, je pouvais sentir sa présence sans le voir. Patience, il était presque là. La lumière oscilla, il devait s'être arrêté un instant puis il reprit son chemin, toujours dans ma direction.

Je vis en premier la torche incandescente, puis le bras qui la tenait. Tout était noyé dans la lumière qui m'éblouissait. Encore une seconde. La tête apparut, forme ovale floue et imprécise. Vlan, je frappais de ma torche y mettant tout mon poids. Mais j'avais mal évalué la hauteur, il était plus petit que prévu, la torche passa au-dessus et je me retrouvais déséquilibrée, tombant de ma cachette pour m'écrouler juste à ses pieds. Je mordais méchamment la poussière. J'avais loupé mon coup et de rage, je pleurais des larmes de colère.

— Louise ? Je t'ai enfin retrouvée !
Ébahie je me retrouvais nez à nez avec Bastian qui avait esquivé mon coup en s'accroupissant.

— Dis donc c'est comme ça que tu me remercies de te sauver ? En essayant de me taper dessus ? Plaisanta-t-il.

Je ne pouvais plus parler tellement j'étais heureuse de le revoir, spécialement lui. Je lui aurais sauté autour du cou si je n'avais pas eu les mains entravées, à défaut j'enfouis mon visage contre sa poitrine et il m'entoura tendrement de ses bras. Mes larmes continuaient à couler à flots, libérant le trop plein de tension que j'avais accumulé. C'était si bon de le retrouver. Mais mon instinct se rappela que j'étais activement recherchée et je dus mettre fin à ces merveilleuses retrouvailles.

— Il faut qu'on parte vite Bastian, un des Cowboys, celui qui m'a enlevée, me poursuit. Il va bientôt arriver, lui dis-je alors qu'il défaisait mes liens.

— Ne t'inquiète pas, il n'y a pas que toi qui sais jouer du gourdin. J'étais déjà dans la mine quand il te cherchait. Il parlait tellement fort pour t'effrayer que c'était facile pour moi de le retrouver. Je l'ai attendu et l'ai assommé, il a son compte pour plusieurs heures.

— Mais comment m'as-tu retrouvée ?

— Il était sur ta trace, et quand tu lui as répondu, comme lui, je savais que tu n'étais pas loin. J'avais décidé de commencer à explorer les premières allées, mais j'hésitais à t'appeler à haute voix... Tu aurais pu imaginer qu'il s'agissait d'un piège, et il aurait su que vous n'étiez pas les seuls ici... Bref j'ai d'abord tenté ma chance au hasard.

Pour une fois que la chance tournait à mon avantage, je n'allais pas m'en plaindre. Nous sortîmes rapidement de la mine grâce au sens de l'orientation de Bastian - il m'avoua qu'il avait souvent exploré ces mines par lui-même, peut-être y cherchait-il lui aussi de l'argent. La mine se situait à proximité directe de Tombstone à pied, on pouvait même dire avec raison que Tombstone s'était édifiée comme un camp jouxtant la mine, véritable parasite se greffant à une inespérée source de revenue. Je ne savais pas où aller pour échapper aux Cowboys, les écuries Dunbar se révélaient être le repère de mes ennemis, Grand hôtel n'était plus sûr, et des sympathisants des Clanton géraient de nombreux établissements à Tombstone. Bastian insista pour que je revienne à OK Corral. Il avait tout raconté à monsieur Montgomery, qui était prêt à me laisser sa chambre d'ami le temps que je parte de Tombstone.

J'ai couru en priorité chez Monsieur Dunbar pour récupérer Arizona, bien obligée de faire fi de ma peur de tomber dans un piège des Cowboys. S'il fut surpris de me voir habillée en fille, il ne le montra pas et il n'eut aucun mal à me reconnaître. Il ne posa pas de question, pas là-dessus, juste sur l'argent pour la pension. Malgré mon retard de paiement il m'avait gardé Arizona, bien certain que je n'abandonnerais pas un si beau cheval. Je le remerciais chaleureusement, le payais puis emmenai Arizona pour la remettre discrètement dans un box à OK Corral. Nous lui avions réservé un box dans un coin, caché de la vue des visiteurs, un coin que seuls nous palefreniers pouvions voir aisément. Comme les Cowboys n'avaient pas de raison de passer à OK Corral sous peu, surtout après l'échec de la vente du mustang, cela ne devrait pas poser de problème. Je restais terriblement gênée d'avoir coûté de l'argent à monsieur Montgomery en libérant Double Star. Je m'engageais auprès de lui à travailler gratuitement à l'écurie le temps que j'y resterais.

Ce n'est que par le truchement du hasard que je m'aperçus de la date du jour alors que j'étais dans le bureau du patron. Je m'excusais encore auprès de monsieur Montgomery et finissais de lui proposer de travailler à l'œil pour me racheter. Il sourît et me dît de ne rien en faire : toute peine méritait salaire. De plus, il trouvait que les habits de femme m'allaient bien mieux et qu'il n'y avait pas besoin de me camoufler en garçon. Je le remerciais avec sincérité et étais sur le point de sortir de son bureau quand j'aperçus le journal du jour posé sur la table. Il indiquait la date du 24 octobre. J'avais donc passé deux nuits dans cette ignoble mine sans m'apercevoir du temps qui passe. Fatiguée par ma détention dans la mine je décidais de passer le reste de la journée à me reposer dans la chambre. Le 26 octobre approchait, plus que deux jours avant la fusillade.

Chapitre XV

Le 25 octobre fut d'une banalité confondante : je retournais travailler à l'écurie avec mes vêtements d'homme. Ils étaient bien mieux adaptés aux travaux avec les chevaux, mais je ne me cachais plus derrière mon chapeau, j'avais détaché mes longs cheveux d'or. J'entendais enfin mes deux amis m'appeler par mon véritable prénom, une simple lettre supplémentaire aux effets inattendus, sensation bien agréable d'être à nouveau soi-même et de ne plus avoir besoin de se camoufler. Parfois, Bastian ajoutait "la petite Française" pour me taquiner, en retour je lui tirais la langue. La journée fut merveilleuse : si paisible et sans surprise. Moi qui suis d'un tempérament dynamique, je me plaisais dans la routine auprès de Bastian. Je redoutais le moment où j'aurais à le quitter, car son amitié signifiait beaucoup pour moi, c'était même le premier ami pour lequel je ressentais un pincement au cœur à l'idée de ne plus le revoir. Pas comme quelqu'un avec qui vous aviez passé du temps pendant les vacances et qu'il faut laisser une fois la rentrée qui approche : la tristesse avait, dans ce cas, autant à faire avec le fait de terminer les vacances que de perdre une nouvelle connaissance. Avec Bastian, j'avais partagé des moments intenses et délicats, il avait souvent été là à mes côtés - parfois pour me sauver, comme relié par un lien particulier que seuls nous partagions, et si je rompais ce lien je sentais qu'une partie de moi resterait à Tombstone. Ressentait-il la même chose ?

Ce matin-là, lorsque nous sommes allés au corral à l'extérieur de Tombstone, nous avons pris notre temps pour vérifier les clôtures et l'état des chevaux. C'était comme si Bastian voulait lui aussi ralentir le temps et pouvoir profiter de cette journée. Nous nous sommes installés sur un rocher à la surface très lisse, tel le dessus d'une table, allongés côte à côte à observer les nuages. Bastian fut le premier à rompre le silence.

— J'aurais bien aimé voir la tête de l'autre lourdaud quand il a dû expliquer à ses potes qu'une jolie fille lui avait faussé compagnie dans la mine !

— Une jolie fille ?

— Oh ne te monte pas tout de suite la tête hein.

Puis il ajouta avec douceur :

— Tu vas me manquer.

Depuis la veille, j'essayais tant bien que mal de le préparer à mon départ. Je ne pouvais pas lui révéler le futur de peur de changer le déroulement de l'Histoire alors j'éludais nombre de ses questions sans vouloir pour autant lui mentir, sorte de jeu de dupe où ma médiocre performance renforçait le malaise entre nous. Il me taraudait de ne pas pouvoir tout lui expliquer. Je lui disais avoir entendu que les Cowboys se préparaient à attaquer les frères Earp et Doc Holliday, mais que maintenant je savais ces derniers prêts et je ne craignais plus pour l'issue du conflit. Bien sûr il m'avait demandé comment je pouvais en être si sûre, avec son regard sévère comme si j'étais une fille bien légère quand il s'agit de la vie d'êtres humains.

— Fais-moi confiance. Par sécurité on va garder un œil sur les événements à venir, juste au cas où.

Étais-je vraiment si confiante ? Rien ne me disait que Kate avait rendu l'arme ou qu'un autre détail de l'Histoire n'avait pas été changé. Mais tout paraissait plus simple auprès de Bastian, nous étions bien ainsi l'un près de l'autre, la pierre chaude sous nos dos et le spectacle du temps qui passe dans les cieux.

Nos doigts se frôlèrent, puis il prit tendrement ma main dans la sienne. La sensation était nouvelle pour moi. C'était comme si les paroles devenaient inutiles, j'avais plus besoin d'un contact avec lui que de mots. J'aurais voulu que ce moment dure toute la journée ainsi seuls au monde enfermés dans notre petite bulle et unis par un lien que je ne savais plus définir, une profonde amitié, un lien fraternel, ou plus… Qu'en était-il de son côté ? Était-ce aussi flou que pour moi ? Je n'osais lui poser la question de risque de briser la magie de cet instant.

— Toi aussi tu vas me manquer Bastian.

Savoir que je ne reverrais plus Bastian m'attristait et je n'avais jamais imaginé pouvoir regretter de quitter Tombstone. Il semblait que ce lien, quelque soit sa nature, était aussi partagé de son côté, alors si je ne voulais pas le rendre plus malheureux que nécessaire, je devais essayer d'aborder le sujet de mon départ.

— Bastian…

— Oui ?

— Tu sais, je t'avais parlé de vouloir rentrer chez ma famille… Que c'était compliqué. Trop compliqué quand je t'en avais parlé.

— Oui je m'en souviens. Tu ne voulais pas en dire plus, c'était un de tes secrets.

— Il fallait que j'arrive à résoudre le mystère de l'arme de Doc et que je contrecarre le plan des Clanton. C'était indispensable pour que je puisse rejoindre ma famille.

— Mmm, tu es bien mystérieuse. Ça ressemble à une histoire des Chinois… Tu sais, l'ordre du monde serait bouleversé et il te faut le rééquilibrer. Enfin un truc du genre.

Je claquais des doigts :
— Oui c'est exactement ça ! L'équilibre entre le yin et le yang !

***

La suite de notre conversation ne mena nulle part et comment l'aurait-elle pu ? Il m'était impossible de lui parler de magie ou de voyage à travers le temps. Je n'étais d'ailleurs pas certaine d'y croire moi-même et je n'aurais pas été si étonnée de me réveiller d'un coup en me pinçant la joue. Ce n'était pas faute d'avoir essayé, mais aucun pincement n'avait fonctionné jusqu'à présent. Nous parlâmes de la pluie et du beau temps, surtout de ce dernier d'ailleurs, la pluie étant plus que rare en ces lieux; et puis finalement entre passionnés de chevaux ce fut l'équitation et les ranchs qui alimentèrent notre conversation.

A force d'échanger sur les brides, les selles ou encore la façon de contrôler une vache avec son cheval - quelque chose que j'aurais toujours voulu apprendre ! Nous sommes revenus les pieds sur terre, laissant avec les nuages nos rêves de ferme, de ranch et peut-être de temps à partager ensemble, et nous partîmes pour les écuries d'OK Corral avec les chevaux nécessaires pour la journée. Sur notre chemin, nous avons croisé un convoi de vaches; Le troupeau descendait des monts Dragoon au nord ouest de Tombstone. Des cowboys guidaient les bovins en les pressant de leurs chevaux ou en les encadrant lorsque quelques éléments essayaient de s'échapper. Les récalcitrants étaient peu nombreux, les vaches préférant la sûreté de leurs congénères à la liberté individuelle. J'observais les cavaliers avec attention, de quelques mouvements du bassin ou de sollicitations de leur corps ils conduisaient leurs montures dans un ballet millimétré pour contrôler le troupeau. Tous faisaient cela avec une expertise qui me laissait admirative, mais je savais aussi que la plupart de leurs chevaux étaient sélectionnés pour cette tâche : on employait ceux qui avaient naturellement le "cow instinct", une prédisposition innée pour gérer les vaches.

— Ce sont pour une partie des vaches des McLaury, me dit Bastian en voyant le marquage sur le cuir des animaux.

Le bétail était laissé en liberté dans de grands espaces et marqué au fer rouge pour identifier le propriétaire. Lorsque les bêtes étaient suffisamment grasses, on faisait appel à des cowboys pour les rassembler et les emmener jusqu'au point de vente.

Je reconnus Ike Clanton, car ce n'étaient pas n'importe quels cowboys, mais bien le gang des Cowboys avec leurs bandanas rouges qui déferlait vers Tombstone pour y vendre le bétail. Ike et ses acolytes ne nous portèrent aucune attention, concentrés sur leur tâche, et nous rentrâmes avant eux en ville.

Plus les heures passèrent et plus le stress formait une boule dans mon ventre. Si tout le monde vaquait à ses occupations, je savais que demain ne serait pas un jour comme un autre : une mortelle fusillade se préparait. Arrivé minuit, je ne trouvais pas le sommeil et rôdais dans les rues de la ville comme une âme en peine. J'espérais conjurer le sort, mais ne pouvais me résoudre un bain de sang dont accoucherait la nuit. C'est alors que je vis Doc Holliday entrer dans le saloon Alhambra d'un pas décidé, les traits tirés et le regard mauvais. Malgré le bruit du Saloon, un tumulte différent commença à grossir. Des voix s'élevaient dont celle de Wyatt Earp et rapidement, je vis Morgan Earp, frère de Wyatt et Marshall Deputy, escorter Doc à l'extérieur du saloon. Ils furent suivis de près par Ike Clanton qui ne semblait pas vouloir mettre un terme à la querelle. À leur suite, Wyatt sortit du saloon, mais il ne portait pas son badge de Marshall ce soir-là. La querelle entre Doc et Ike reprit de plus belle, montant d'un cran. Morgan tenta de les séparer, mais sans succès. Un autre homme, portant lui aussi un badge courut pour mettre fin à l'altercation. Ike qui le reconnut et cria à la ronde :

— Tiens, voilà aussi notre Marshall Virgil Earp ! Les frères Earp au grand complet !

Virgil Earp, plus large et imposant que son frère, fît tonner sa voix grave.

— Il est hors de question que nous ayons un règlement de compte dans les rues de Tombstone. Stoppez immédiatement votre dispute ou je vous arrête sur le champ ! Je suis sûr qu'aucun d'entre vous ne veut tester ma cellule, ni s'expliquer devant le juge.

Les deux hommes cessèrent leur dispute et Doc partit vraisemblablement se coucher, Ike, de son côté, se dirigea vers le Grand Hotel. Je décidais de suivre Wyatt, car les événements à venir allaient tourner autour de cet homme. Il alla à la brasserie Eagle où il joua quelques minutes avant de ressortir. Bizarrement, Ike était de retour dans la rue et semblait l'attendre.

— Wyatt, je peux te parler ?

— Ok Ike, mais il ne faut pas que ça aille trop loin.

Je devais accélérer le pas pour pouvoir les suivre et entendre leur conversation, heureusement pour moi les deux hommes s'arrêtèrent en pleine rue. Ike avait un regard très résolu, les poings serrés et la mâchoire proéminente. De toute évidence, il avait sonné la fin de la récréation et voulait être pris au sérieux. Il déclara gravement à Wyatt:

— Ça suffit. C'est allé trop loin et demain matin je vais régler ça d'homme à homme avec Doc. Tu peux le dire à ton pote. Et toi aussi on va devoir régler ça.

— Écoute Ike, je ne me battrais avec personne tant que je peux l'éviter. Tout simplement parce qu'il n'y a aucun argent en jeu là-dedans. Arrête ça.

Ike reprit son chemin tout en déclarant à son attention :

— Je serai prêt pour toi demain matin.

La phrase parut surprendre Wyatt, mais il ne répliqua pas. Ike s'éloigna, la démarche pas toujours assurée et je continuais à suivre le Marshall qui se rendit à l'Oriental. Il s'installa à une table et commença à jouer de l'argent aux cartes. Peu de temps après, Ike rentra aussi dans ce Saloon et s'assit à une table. Il commanda un nouveau whisky et écarta sa veste pour dégager sa cuisse droite. Attaché à sa ceinture, son six coups brillait ostensiblement à la vue de tous. Il haussa le ton pour s'adresser à Wyatt :

— Tu ne dois pas penser que je ne te chercherais pas toute la matinée, dit-il en tapotant son arme.

Wyatt ne répondit pas.

— Wyatt, vas dire à ton ami le cher Doc que je suis prêt à m'occuper de lui dès maintenant !

— Ike, Doc n'a pas envie de se battre, alors je vais oublier ce que je viens d'entendre.

L'homme qui jouait avec Wyatt finit la partie et lui donna ses gains. Comme si de rien n'était Wyatt partit du saloon et rencontra à nouveau Doc sur Allen Street. Cette fois il semblait que la journée touchait finalement à sa fin sans que la poudre ne s'exprime, car Doc rentra à son hôtel où devait l'attendre Kate et Wyatt poursuivit jusqu'à chez lui.

Cette nuit-là lorsque je me couchais aucun doute n'était permis : le lendemain serait sanglant. J'eus beaucoup de mal à m'endormir malgré l'heure avancée, dans ma tête se bousculait des images de revolvers, de cowboys, du ranch de grand-père avec Maman et Papa m'attendant, morts d'inquiétude, et aussi de Bastian que je ne reverrais plus si tout rentrait dans l'ordre.

***

Un coq chanta et annonça le matin du 26 octobre 1881 à Tombstone. Je fis ma toilette rapidement et me glissai hors d'OK Corral. Il devait être huit heures du matin et il faisait frais en cette fin d'octobre. En passant près de l'office de la poste, je croisais Ike Clanton et Tom McLaury qui ne semblaient pas avoir dormi de la nuit. Ils sentaient l'alcool à plusieurs mètres de distance. Un barman tentait de les convaincre d'aller se reposer.

— Ike, tu devrais aller te coucher. Tu as bu toute la nuit et tu as besoin de repos.

— Non Boyle, je vais très bien. Ce matin j'ai du boulot, je dois m'occuper du cas Wyatt ainsi que de Doc.

— Laisse tomber Ike, ça n'en vaut pas la peine. En plus tu as joué une bonne partie de la nuit aux cartes avec Virgil Earp et Beharn, le shérif du comté.

— Non, hors de question. Je sais que Virgil s'est mis à notre table juste pour avoir un œil sur moi, mais je te le dis, aujourd'hui la poudre va parler, déclara-t-il en tapotant le revolver sur sa cuisse.

— Ike, tu risques de te faire arrêter pour port d'arme en ville. Donne-la moi, je la garderais pour toi.

— Écoute-le Ike. Tes plans ne donneront rien sans arme…

— Laissez-moi tous les deux, je suis assez grand pour les déposer au West End Corral. Mais retenez ça : aussitôt que les Earp et Doc apparaîtront dans la rue, le bal va s'ouvrir - Et là ils devront se battre !

Ike m'aperçut à ce moment-là. Peut-être me reconnut-il, en tout cas il me pointa de l'index, sa main refermée comme un revolver et fit mine de me tirer dessus avant de souffler sur le canon imaginaire. Ne voulant en savoir plus sur ses intentions à mon égard, je filais dans une rue adjacente.

J'avais persuadé Bastian de prendre la relève pour observer ce qu'il se passait dans les rues de Tombstone. Il ne comprenait pas comment je pouvais être si certaine que quelque chose allait se passer aujourd'hui, mais il me faisait confiance. Alors à tour de rôle nous gardions un œil sur la ville et le reste du temps nous nous assurions que le travail aux écuries soit fait.

Il devait être midi, le soleil était haut dans le ciel, quand Bastian revint à OK Corral en courant.
— Comment as-tu su Louise ?
— De quoi parles-tu ?
— Ike se balade en ville avec sa winchester et son colt et raconte à tout le monde qu'il cherche les Earp et Holliday. Il est déterminé à déclencher un duel !
— Déjà ? Où est Wyatt ?
— Je viens de le croiser alors qu'il allait à l'Oriental Saloon. Il paraissait sortir de son lit et apparemment Boyle le barman l'a prévenu pour Ike.
— Il faut absolument qu'on le file…
— Attends ce n'est pas tout. Je l'ai suivi comme tu me l'avais demandé. Il a trouvé le marshall Virgil Earp près de l'angle de la cinquième rue et d'Allen street puis ils se sont séparés pour chercher Ike. C'est finalement Virgil qui l'a débusqué dans une allée de la quatrième rue.

Bastian débitait son histoire à un rythme effréné, aussi vite qu'il le pouvait, mais il me tardait d'en savoir plus :
— Et après ? Qu'est-ce qui s'est passé ?
— Après, après… T'es gentille j'ai la bouche sèche moi.
— Bon alors ?

— Wyatt s'est approché de Ike en lui disant : "j'ai entendu dire que tu étais parti à notre recherche". Là, Ike a commencé à lever sa winchester en direction de Virgil qui a réussi à s'en saisir et il lui a envoyé un coup à la tempe avec la crosse de son revolver. Ike s'est littéralement écroulé sur le sol !

— Il est mort ?

— Non juste évanoui. Ils l'ont traîné au Grand Hôtel et ensuite ils l'ont emmené à la cour du juge Wallace. J'ai essayé d'écouter ce qui se passait dedans, mais c'était difficile. À un moment j'ai entendu Ike dire : "J'y arriverais même avec vous tous. Si j'avais un six coups maintenant, je m'occuperais de vous". Y a du grabuge, peut-être que quelqu'un lui a proposé une arme juste pour voir et régler l'affaire une fois pour toutes, mais Wyatt en a eu marre. Il lui a balancé : "Toi, le sale voleur de vaches, ça suffit ! Tu as menacé nos vies, je le sais. Je pense qu'il sera tout à fait justifiable de te descendre la prochaine fois que je te croise. Mais si tu es trop anxieux pour te battre, je te retrouverais pour m'occuper de toi, même parmi les tiens à San Simon". Ike lui a répondu qu'il le verrait en sortant de là et qu'il aurait juste besoin de deux mètres de sol pour lui creuser une tombe. Là-dessus Wyatt est sorti et a croisé Tom McLaury. Tom lui a proposé de sortir les flingues tout de suite. Lui aussi était bien énervé, mais avant qu'il n'ait pu agir, Wyatt lui a giflé le visage de la main gauche et a sorti son revolver de la droite, lui intimant d'en faire autant. Il n'a pas bougé ! Alors Wyatt l'a frappé du revolver à la tête et a juste poursuivi son chemin.

— Pffiiouuu… On arrive au bout…

— Quoi ? Qu'est-ce que tu veux dire ?

— Crois-moi, tout cela va terminer par une fusillade d'ici peu.

Des voix fortes se firent entendre dans la rue qui passait derrière OK Corral. Je me précipitai au portail, Bastian sur mes talons, pour voir qui pouvait bien faire ce raffut. Plusieurs Cowboys se dirigeaient vers l'écurie Dunbar. Bastian reconnut Ike Clanton et Tom McLaury, tous les deux affublés d'un bandage autour de la tête et accompagnés de Billy Clanton et Frank McLaury. Nous chuchotions pour ne pas nous faire remarquer.

— Regarde leurs ceintures…

— Quoi Bastian ? Qu'est-ce que tu as vu ?

— Leurs ceintures, elles sont pleines de cartouches. Ils doivent venir de l'armurerie sur la quatrième rue.

— Tu en es sûr ?

— Je les ai vus entrer dans l'armurerie. Wyatt les a aussi vus et se dirigeait vers eux quand je l'ai laissé.

— Apparemment, il ne les a pas arrêtés…

Rapidement hors de portée pour nos oreilles, nous les suivîmes à une distance respectable. Ils s'arrêtèrent derrière la pension Fly où les attendaient leurs chevaux.

— Ok, on a tout ce qu'il nous faut. Maintenant on va se charger d'eux, dit Ike.

— Il nous faut un plan, lui répondit Billy ; pas question qu'ils s'en sortent cette fois.

Bastian décida d'aller avertir Wyatt et les siens. J'étais indécise, l'intervention de Bastian n'allait-elle pas changer l'Histoire ? Après tout c'était à cause de moi qu'il filait ces individus, rien ne me disait qu'il l'aurait réellement fait de lui-même si je n'étais pas intervenue. Est-ce que j'allais encore "changer des détails" ? Ou si je lui disais de ne pas les prévenir allais-je empêcher l'Histoire de se dérouler correctement ? C'était un vrai dilemme dont personne ne pouvait m'extraire : aider et risquer de ne plus pouvoir rentrer ou ne rien faire et peut-être aussi changer le déroulement de cette journée. Il fallait néanmoins agir vite. Tant pis pour mon retour à travers le temps, je préférais aider Wyatt et Doc à survivre à cette fusillade. Je dis à Bastian de foncer tout en faisant attention à lui. De mon côté, j'allais essayer de suivre le gang des Cowboys.

Ils discutaient toujours sur le lot vacant qui jouxtait la maison Harwood d'un côté, le studio de photographie et la pension des Fly de l'autre côté. Avaient-ils l'intention d'y trouver Doc et de le tuer dans sa chambre ?

D'après mes souvenirs, Doc Holliday allait arriver avec les frères Earp, il n'était donc pas dans sa chambre. Par contre, qu'en était-il de Kate ? Je ne m'étais jamais intéressée à cette partie de l'Histoire, obnubilée par le duel entre les Cowboys et les hommes de loi. Peut-être mourrait-elle ce jour-là d'une attaque-surprise des Clanton ou d'une balle perdue. Au diable l'Histoire, je ne me voyais pas attendre sans rien faire et constater plus tard que j'aurais pu lui sauver la vie. Alors que le groupe de hors-la-loi semblait indécis sur la marche à suivre, j'entrais dans la pension pour prévenir Kate et la sortir de là. À cette heure de la journée il n'y avait personne à l'entrée alors je commençais par explorer les chambres une à une. Je courais dans le couloir vérifiant les portes non verrouillées et frappant aux autres, mais personne ne m'ouvrit. Finalement une porte céda sur le doux visage de Kate.

— Louise ! Que fais-tu ici ?

— Il faut absolument que vous sortiez Madame, c'est urgent.

— Urgent, mais que se passe-t-il ? C'est à propos de Doc ?

— Oui, en partie, lui répondis-je. Les Clanton et leurs alliés le cherchent pour lui faire la peau; ils pourraient venir ici et s'en prendre à vous.

— C'est gentil de me prévenir Louise, mais ne t'inquiète pas. Ce matin, Ike Clanton est venu chercher Doc une arme à la main et Miss Fly l'a juste renvoyé. Tu n'as rien à craindre pour nous.

Je réfléchis aussi vite que je pouvais. Ike était déjà venu là plus tôt, mais n'avait pas pu atteindre Doc, donc le groupe s'était rabattu sur leur plan B : régler leurs comptes en pleine rue, juste sous les fenêtres de la pension Fly. Nous resterions en danger tant que nous serions dans cette chambre.

— Il faut tout de même partir, Ike et trois hommes attendent à l'extérieur et je sais que Doc et les frères Earp sont en chemin… Il va y avoir une terrible fusillade. Vous ne serez pas à l'abri ici.

— Que racontes-tu ? Me dit-elle en se dirigeant vers la fenêtre. Effectivement, ils sont là, mais je vois le shérif Beharn arriver, tout va rentrer dans l'ordre. Ne sois pas inquiète.

Je m'approchais aussi de la fenêtre pour mieux assister à la scène. Les quatre Cowboys étaient toujours là, tenant chacun leur cheval en main alors que Beharn approchait à grands pas.

— Les gars, je ne veux pas savoir ce que vous manigancez, mais je vous demande de me donner vos armes.

— Je n'ai rien sur moi, lui répondit Ike, pourtant ce n'est pas l'envie qui me manque. Mais avec ce bandage autour de la tête, le type à l'armurerie Spangenberger a refusé de me vendre un revolver.

Tom McLaury pour sa part ouvrit son long manteau pour montrer qu'il n'était pas armé. Les deux autres ne répondirent pas et Beharn qui était tout de même leur ami sembla comprendre qu'il ne pourrait pas obtenir plus d'eux. Il repartit dans la rue l'air inquiet.

— Tu vois Louise, il n'a pas de problème; ils vont partir.
— Je suis bien certaine qu'ils n'ont pas montré toutes leurs armes, madame. Il nous faut trouver un endroit sûr et vite.

C'est ce moment que choisirent les frères Earp, Virgil, Morgan et Wyatt ainsi que Doc pour apparaître au coin de la rue. Tous portaient de longs manteaux qui camouflaient certainement leurs armes à la vue des habitants, mais il aurait été bien naïf de croire qu'ils venaient appréhender les Cowboys les mains vides. Ils s'approchèrent des Cowboys postés près de la maison Harwood. Je tirais Kate par le coude pour qu'elle accepte de s'agenouiller derrière la fenêtre afin de mieux se cacher.

Virgil tonna de la voix :
— Levez-les mains, je veux vos armes !
Franck McLaury et Billy Clanton déplacèrent rapidement leurs mains à leur flanc droit et sortirent leurs revolvers de leurs holsters. Ils remontèrent leurs canons en direction des Marshall.
— Arrêtez ! Je ne veux pas de ça !
Mais déjà les deux hommes armaient leurs revolvers à bout de bras. Wyatt sortit son arme de la poche avant de son manteau alors que Doc dévoila un fusil à pompe à double canon. Virgil dut lâcher sa canne pour saisir son arme qu'il avait placée à gauche. Les premiers coups partirent, se croisant dans un nuage de fumée. Billy manqua Wyatt, mais Wyatt toucha Franck McLaury à l'estomac. Billy grimaça, atteint par un tir de Morgan à la main gauche. Il cracha à terre et fit sauter son revolver dans l'autre main. Ike profita de la première salve pour s'enfuir en direction de la pension de madame Fly.

Les hommes continuaient à tirer tout en cherchant à se mettre à l'abri. Effrayé, le cheval de Tom McLaury fit un écart dont son propriétaire profita pour se cacher derrière. Virgil tira plusieurs fois au-dessus du dos du cheval sans pouvoir atteindre Tom. Au milieu des tirs, Doc n'hésita pas, il contourna le cheval et visa la poitrine. Le double canon détona. Je ne vis Tom McLaury que de dos : il encaissa le choc puis courut dans la rue, les bras recroquevillés sur son buste. Doc jeta le fusil encore fumant pour prendre son fameux revolver fétiche.

Wyatt se tenait debout au milieu du terrain vague à la merci de tous et Billy n'avait d'yeux que pour lui. À dix mètres, partiellement abrité par une caisse en bois, Billy s'appliqua et aligna son arme. Un bang retentit, puis un autre et il déchargea tout son revolver. Virgil tomba, mais Wyatt resta impassible et tira en rapide succession. Il toucha Billy puis Franck à l'abdomen. Les tirs de Franck se turent et tous essayèrent de déloger Billy de sa cachette.

Accroupi et blessé, Franck profita que les tireurs l'oublient pour attraper le fusil rangé dans la sacoche de sa selle. Dans la cohue son cheval partit au galop et l'emporta sur Fremont Street. Renonçant au fusil, Franck garda son revolver et se concentra sur Doc trop accaparé par Billy. Il se déplaça rapidement pour le prendre à revers. Doc ne l'aperçut pas traverser la rue. Même la meilleure gâchette ne pouvait éviter un coup qu'il ne voyait pas venir. Franck s'approcha le revolver à la main. Plus que six mètres. Cinq mètres. Encore quelques pas. Doc se retourna, mais il était trop tard. Franck leva le canon, recula le chien de l'arme et tira.

Doc s'écroula au sol. La poussière l'enveloppa alors que Franck s'était déjà mis à l'abri. Affalé sur son flanc, Doc ne bougeait plus. J'entendis Kate glapir à côté de moi, prête à bondir dans la mêlée. La poussière retomba doucement et nous aperçûmes un bras, puis une jambe bouger.

— Cet enfoiré m'a touché !

S'aidant d'un coude, Doc redressa la tête et cracha dans le sable. Il roula sur la gauche pour éviter une nouvelle salve de revolver et se releva à l'abri d'un tonneau. Je le vis chercher des doigts la présence d'une blessure puis grimacer en voyant son holster déchiqueté par la balle.

— Je vais le tuer ! hurla-t-il.

Je m'inquiétais du départ précipité de Ike Clanton, car il avait insisté toute la journée sur sa volonté de tuer les Earp. Plus loin dans le couloir de la pension, la porte d'entrée claqua et des bruits de pas résonnèrent. Je jetais un œil dans le couloir et vit Ike courir pour se cacher derrière l'encadrement d'une fenêtre. Il sortit un petit revolver de son pantalon. Prenant appui sur le rebord de la fenêtre, Ike recula le chien de l'arme et s'appliqua pour viser Wyatt. Je me précipitais pour avaler la distance qui nous séparait et me jetai épaule en avant pour le percuter. Au contact de nos corps, le coup de l'arme partit. La balle déviée par le choc se logea dans le plafond et Ike laissa le revolver lui échapper dans sa chute. Elle glissa sur le parquet jusqu'à se loger sous un meuble, hors d'atteinte. Le Cowboy se redressa surpris : "Quoi ? Encore toi !" Il fit mine de s'en prendre à moi, mais il ne voulait pas s'éterniser plus longtemps dans les parages et passa par la porte arrière pour s'échapper.

Dehors, le tumulte s'était calmé, seules persistaient l'odeur de poudre noire et la fumée. Billy Clanton adossé à un mur, silencieux et les bras ballants se reposait définitivement de ses multiples blessures au torse et à l'abdomen. Frank était mort d'une balle dans la tête que je supposais provenir de l'arme de Doc. Tom, qui avait fui après la décharge du fusil à pompe de Doc, fut retrouvé avachi contre le poteau télégraphique de la rue, il avait succombé à ses blessures.

Kate courut rejoindre Doc à l'extérieur et je la suivis. Heureusement il n'était que légèrement touché par une balle de Frank McLaury. Virgil souffrait du mollet et Morgan était le plus amoché avec un tir qui lui avait traversé les deux omoplates. Miraculeusement Wyatt n'avait rien, il était toujours au milieu du terrain vague telle une statue.

Voyant Bastian de l'autre côté de la rue, je traversais.

— Bah dis donc ça a dû durer trente secondes et j'ai compté une trentaine de coups de feu. C'est un miracle que Wyatt soit encore debout dans cette cohue !

— Oui, c'était vraiment horrible.

— C'est vrai, même si je ne vais pas plaindre ces Cowboys depuis le temps qu'ils les menaçaient de mort. J'ai même vu Ike ainsi que Billy Claiborne fuirent. Ce que je n'arrive pas à m'expliquer, c'est comment tu pouvais en savoir autant sur ce qui allait se passer aujourd'hui.

— Eh bien...

Une main se posa sur mon épaule manquant de me faire sursauter. En me retournant, je découvris le barman par lequel se manifestait parfois grand-père. Il portait toujours son tablier et un torchon accroché à la ceinture pour essuyer les verres. Même planté ainsi dans la rue à l'issue d'un duel mortel, je m'attendais à le voir sortir de nulle part un verre et commencer à le frotter. Il sourit en me regardant.

— Mon petit cowboy tu as fait du bon travail. Tout rentre enfin dans l'ordre.

Remplie de joie de retrouver mon grand-père, je l'entourais de mes bras et me serrais contre lui. Bastian devait faire une drôle de tête.

— Oh grand-père c'est si bon de te retrouver !

— Hélas nous avons peu de temps Louise. La force qui t'a amenée ici veut rétablir l'équilibre. Il te faut retourner chez toi.

— Comment ?

— Tout est en toi… Mais tu es encore novice dans l'utilisation de notre don familial. Tu ne sais pas volontairement traverser le temps et si tu essayais aujourd'hui, tu te ferais broyer par des forces qui te dépassent. Je vais t'aider à rentrer.

— Mais et toi ? Viens avec moi !

— Impossible, je ne suis plus de ce monde, juste un écho dans le passé qui disparaîtra avec le temps. Ça devient déjà très difficile de communiquer avec toi. Rejoins vite Arizona, je m'occupe du reste.

Il me déposa un baiser sur le front avant d'ajouter:

— Quand tu rentreras, trouve mon journal de voyage, j'y ai consigné de nombreuses informations sur le voyage dans le temps et mes escapades, il t'aidera peut-être à maîtriser ton don. Allez cours maintenant !

Je sentais un vent se lever et souffler contre mon visage, le sable se levait sur son passage, mais rien de ceci n'était naturel. Il y avait comme une présence qui agitait les éléments, une voix inaudible susurrait à mes oreilles. Je ne voulais pas partir. Pas maintenant que j'avais retrouvé grand-père.

— Non, je reste ! Répondis-je et aussitôt le vent frappa mon visage de plus belle.

— Aussi entêtée que sa grand-mère... Il tourna pour s'adresser à Bastian : mon garçon, si tu aimes ma petite fille, il faut absolument que tu l'emmènes auprès d'Arizona, il en va de sa vie !

La première partie de la phrase eut l'effet d'un électrochoc sur Bastian qui se raidit, pris par surprise. Mais plutôt que d'exprimer son désaccord, il me prit par la main et se mit à courir en direction de l'écurie. Je le suivais, tirée par le bras tout en regardant grand-père derrière moi. Il me souriait en me faisant au revoir de la main.

Lorsque nous arrivâmes près d'Arizona, j'eus un choc : je commençais à voir à travers elle. Arizona devenait transparente.

— Qu'est-ce qui se passe ?

Je voulus m'appuyer contre une poutre, mais le contact avait peu de résistance. En regardant mes doigts, je commençais aussi à voir au travers.

— Alors grand-père avait raison, je repars à la maison.

— Louise, je ne comprends rien à ce qu'il se passe... Mais il faut absolument que je te dise une chose...

Le vent redoubla et se fit familier, le souffle parcourait mon visage comme si j'étais au galop.

— Hein ?

— Ce que je veux te…

Le vent devenait si puissant, qu'il était impossible de s'entendre. Bastian articulait des mots que je ne saisissais pas. Je devinais leur sens, mais le son était emporté par chaque bourrasque de vent. Voulant lui répondre, je hurlais, mais il ne me comprenait pas non plus. Je voulais lui dire que moi aussi je l'aimais. Tout autour de moi devenait flou et laiteux, seul son visage restait net et bien présent. Il essayait toujours de crier ce qu'il voulait tant me dire et j'en faisais autant, mais l'affaire était désespérée.

Alors il arrêta et déposa un baiser sur mes lèvres auquel je répondis tout en fermant les yeux.

Le vent tomba, le vacarme disparut et quand je rouvris les yeux, j'étais avec Arizona dans une prairie à l'herbe bien verte longée par une forêt de sapins.

Chapitre XVI

Le paysage aride du Far West avait disparu, remplacé intégralement par le décor naturel des Alpes françaises comme si Tombstone n'avait jamais existé. Je goûtais encore le baiser de Bastian sur mes lèvres. Tout devait avoir été réel, il le fallait.

Je m'approchais d'Arizona qui broutait, imperturbable, la tête dans l'herbe fraîche, je la caressais de la base de l'encolure jusqu'aux oreilles, passant ma main dans son épaisse crinière.

— Et toi mon amie, penses-tu que tout cela était vrai ?

Je ne portais plus la belle robe à tournure déchirée dans la mine, juste la robe pour l'enterrement de mon grand-père, noire et triste. Est-ce que j'avais tout inventé pour revoir grand-père en songe ? Une minute avant tout me semblait si réel et maintenant toute cette aventure à Tombstone paraissait si improbable. Impossible de raconter cela à maman, jamais elle ne pourrait croire à telle histoire. *Maman, papa, ils devaient être morts d'inquiétude depuis le temps, il faut que je rentre immédiatement à la maison.*

Je sautai sur le dos d'Arizona et lui réclamai le galop avec un 'kiss' sonore. Elle partit sans hésitation, peut-être était-elle, elle aussi, pressée de retrouver son environnement habituel. L'herbe défila à vive allure sous ses sabots. Nous arrivâmes rapidement à la fameuse barrière qui m'avait fait traverser l'espace et le temps, mais par précaution, je ralentis, l'ouvris calmement à la main puis repartis au lieu de sauter l'obstacle. Arizona hennit d'approbation. Nous étions déjà loin, traversant les bosquets et forêts, lorsque le toit du ranch de mes grands-parents apparut... Les bâtiments grandirent dévoilant les prés à chevaux qui les entouraient.

Je laissais Arizona dans un des enclos, la délestant de sa bride western et courus le plus vite possible à la maison. J'appelais mes parents en montant la pente herbeuse jusqu'à la porte d'entrée.

— Maman, papa ! Je suis revenue !

Papa apparut en premier par la porte restée ouverte. Engoncé dans un costume noir, il fronçait les sourcils l'air plus bougon qu'inquiet de mon absence.

— Louise, tu ne crois pas que tu aurais pu éviter de te balader à cheval aujourd'hui ?

— Mais Papa je...

— Bon allez, rentre. Mais tiens-toi un peu tranquille veux-tu ?

Grand-mère qui nous avait rejoints y ajouta son grain de sel.

— Enfin Henry, la petite avait besoin de se changer les idées. Grand-père n'aurait pas voulu que nous restions tous aussi tristes.

Elle posa la main sur l'épaule de papa et l'entraîna à sa suite pour discuter doucement. Je ne comprenais rien, tout le monde était encore habillé des mêmes vêtements ternes du jour de mon départ et tout semblait identique à ce triste jour comme si je ne m'étais absentée que le temps d'une balade à cheval. Avais-je réellement tout imaginé ? Était-ce possible ? Je rentrais et trouvais ma mère dans la cuisine.

— Maman, est-ce que je suis partie depuis longtemps ?

— Euh, je ne t'ai pas surveillée. Pourquoi cette question ?

— Non sérieusement maman !

— Mais je suis sérieuse, je t'ai vue tout à l'heure partir dans la cuisine puis avec grand-mère. Il y a deux heures peut-être ? Mais enfin pourquoi cette question ?

Sans même lui répondre, je montais quatre à quatre l'escalier. Ce n'était pas possible, tout le temps passé à Tombstone n'existait pas : j'étais juste partie en balade et revenue. Montgomery, les Clanton, Doc... Et surtout Bastian n'étaient que le fruit de mon imagination. Je ne pouvais pas l'accepter et me réfugiais dans la pièce qui servait de bibliothèque à grand-père.

Rien n'avait changé dans cette pièce, de vieilles bibliothèques habillaient chaque mur, dressant de nombreux volumes aux couvertures dépareillées devant les yeux des futurs lecteurs. Un bureau trônait au milieu de la pièce assorti d'une vieille chaise en bois. Un ou deux poufs traînaient dans un coin et prenaient la poussière comme le reste de la pièce. Je me revoyais blottie dans ces poufs, écoutant grand-père narrer ses histoires du haut de sa chaise. Rien n'avait changé sauf la présence de grand-père. Son absence vidait la bibliothèque de son énergie.

J'allumais le lustre et parcourais les différents volumes: Calimity Jane, Doc Holliday sa vie et la légende, Tombstone 1881, Traverser les États-Unis à cheval… N'étaient que quelques-uns des nombreux ouvrages. Un coin de la bibliothèque était consacré aux romans, on y trouvait tous les livres de Elmore Léonard, l'auteur préféré de grand-père. Il disait de lui qu'il arrivait à ciseler les dialogues de ses personnages pour les rendre aussi vivants qu'au temps du Far West. D'autres auteurs étaient présents, mais je ne m'étais encore jamais intéressée à eux. Un peu plus loin, bien alignés et ordonnés, reposaient les livres que je lisais lorsque j'étais petite : la série de l'étalon noir ainsi que les différents volumes sur Flicka de Mary O'hara.

Mon doigt glissait sur les couvertures en même temps que je les déchiffrais. Il y en avait tellement sur l'Histoire des États-Unis, sur la conquête de l'ouest et ses figures emblématiques, mais aussi sur les voyages dans l'Arizona, l'Utah, le Colorado ou le Texas… Si mon voyage dans le temps n'était pas un doux songe, je réalisais que la pièce n'était pas juste un livre ouvert sur le passé, mais une sorte de quartier général où grand-père devait préparer ses excursions dans le passé. Il devait certainement y avoir le journal de voyage dont il m'avait parlé avant de me renvoyer à mon époque.

Après un premier parcours, je ne trouvais rien. J'avais certainement dû sauter le fameux livre, trop pressée de le trouver. Alors je recommençais en sens inverse. De longues minutes passèrent à relire à nouveau les titres, qu'ils soient en français ou en anglais. Et arrivée au bout, je ne trouvais toujours rien ! Avais-je tout imaginé ?

Les larmes commençaient à embuer ma vue. Les images de Tombstone tournaient dans ma tête, à la fois les mauvais moments comme ma captivité à la mine et les bons, le temps passé avec Bastian, nos doigts qui se mêlaient, le baiser… Les larmes coulaient sur mes joues, glissant sur mes lèvres. Je les humectais comme pour chercher le souvenir de Bastian m'embrassant. Tout cela était-il donc faux ? Je ne trouvais aucun document sur le voyage dans le temps. Par désespoir, je pris un ouvrage sur Tombstone et m'enfonçais dans un pouf tout en laissant ma tristesse abonder à ma rivière de larmes.

Le livre mélangeait dessins et photos d'époque. Chaque photo me rappelait mes pas dans Tombstone : le Grand Hotel, l'Oriental Saloon, l'Epitaph de Tombstone, évidemment OK Corral qui prenait une grande part du livre en raison de la fusillade historique. J'en relisais le déroulement et rien ne semblait avoir changé; il manquait juste les détails que seules les personnes vivant les événements pouvaient vous raconter. Ils ne parlaient pas de Kate dans ce livre, de toute évidence l'auteur l'avait retirée de l'équation, soit par méconnaissance, soit par oubli volontaire. Les photos de Wyatt et Doc me semblaient si distantes après avoir vécu avec eux tous ces jours. Il manquait leur sourire, leur façon de parler ou de se déplacer. En fait, tout me donnait l'impression d'une fade copie. Les photos d'OK Corral n'étaient pas plus vivantes et je faisais défiler les pages sans vraiment y prêter attention.

Et soudain un détail interrompit mes pensées, mon cœur sursauta. Je revins en arrière dans la section sur OK corral. Il y avait des photos après un incendie en 1882 et puis quelques photos de mauvaise qualité en noir et blanc datant de 1881. Sur l'une d'elle on voyait monsieur Montgomery poser avec un cheval devant le portail principal. Dans un coin de la photo, on apercevait aussi deux individus plus jeunes près d'un poteau. La photo était floue et peu résolue, rendant toute identification hasardeuse. Deux garçons d'écurie qui ne savaient pas vraiment pourquoi ils étaient pris en photo. En scrutant la photo, je reconnus Bastian. Ce devait être l'image qu'avait capturée monsieur Fly avec son gros appareil photographique à plaques. Et à côté de Bastian, de toute évidence c'était moi : Louis le garçon avec son chapeau sur la tête pour cacher sa natte blonde. Pas de doute possible. J'étais bien allée au Far West, à Tombstone en 1881 où j'avais rencontré Wyatt, Doc et Bastian ! La joie me remplit et sécha mes larmes. Même si je n'avais pas encore trouvé le journal de grand-père, je savais maintenant que tout était vrai - le journal devait donc exister.

À cet instant, grand-mère frappa à la porte et rentra dans la pièce.

— Que fais-tu là toute seule ma chérie ? Oh, mais tu as pleuré ?

Je passais ma manche sur mon visage pour chasser les vestiges de ma tristesse et lui répondis avec un sourire :

— Non grand-mère tout va bien !

— Tu es sûre ? Je sais que grand-père te manque, à moi aussi ma chérie.

Elle se déplaça avec difficulté jusqu'au centre de la pièce et caressa la surface en bois du secrétaire. Son regard se perdit dans des songes inaccessibles. Sa voix tremblait quand elle reprit:

— Tu sais Louise, je passais aussi beaucoup de temps dans cette pièce avec ton grand-père. Il me narrait tellement d'histoires sur les chevaux et le Far West. Tout cela me manque…

Je repensais aux hallucinations chez les Apaches, j'y avais vu grand-père qui racontait à grand-mère ses exploits et tous les deux qui passaient des après-midi entiers à parler de cette époque et de ses mystères. Mais je me souvenais aussi de grand-mère qui ne croyait pas à ces voyages dans le temps.

— Grand-mère, est-ce que grand-père t'a déjà parlé de ses voyages ? Je veux dire, pas les histoires, mais ses vrais voyages ?

— Oh tu sais, depuis que l'on a acheté ce ranch on a quasiment arrêté de voyager. Les chevaux prenaient beaucoup de notre temps. Pas de vacances, pas de voyage.

— Non, c'est pas ça. Ça va te paraître fou… Je veux dire… Est-ce qu'il te parlait de vrais voyages à l'époque du Far West ?

Grand-mère arrêta net son mouvement comme si la flèche d'un indien s'était plantée dans le pupitre juste devant elle. Elle se tourna doucement vers moi et je pus voir que son visage avait changé, la tristesse qu'elle arborait depuis des semaines semblait s'être atténuée.

— Tu y es allée, c'est ça Louise ? Me demanda-t-elle.

Je hochais de la tête et attendis qu'elle poursuive.

— Oui grand-père me racontait ses ballades dans le passé. Au début, je n'y ai pas cru et ça a failli détruire notre couple. Il y avait tellement d'absences. Puis devant tant de détails, des choses qu'il fallait vivre pour connaître, des preuves…

— Des preuves ?

— Pas grand-chose, de petits objets venant de là-bas. Mais je dus accepter l'inimaginable : ton grand-père, mon mari, voyageait dans le passé. C'est devenu un secret que nous partagions ensemble. Il y allait puis me racontait tout à son retour. C'était vraiment merveilleux.

Je sentais qu'il y avait plus, mais elle n'ajouta pas un mot.

— Sais-tu s'il écrivait un journal ? Ou peut-être qu'il avait un cahier où il inscrivait ce qu'il vivait là-bas ? Un témoignage de ses aventures ?

— Oui ma chérie, il comptait te l'offrir pour ton dix-huitième anniversaire. J'imagine peut-être pour t'aider si son don se manifestait en toi. Il y consignait nombre de détails et j'ai chéri ce livre pendant ces dernières semaines comme un dernier lien avec lui. Maintenant il te revient, tu vas en avoir plus besoin que moi pour vivre tes propres aventures.

Elle ajouta en me souriant :

— Mais avant ça, tu vas me raconter tout ce qu'il t'est arrivé là-bas.